KOOK
books

kookbooks Reihe *Prosa* herausgegeben von Daniela Seel Band 4

Michael Stavaric

Europa. Eine Litanei

KOOK
books

1. Auflage 2005

Gestaltung: Andreas Töpfer, Berlin
Gesetzt aus der Bembo & der Kookone
Druck & Bindung: Steinmeier, Nördlingen
Printed in Germany
ISBN 3-937445-13-7

This is the end, beautiful friend. It hurts to set you free, but you'll never follow me. The end of laughter and soft lies. The end of nights we tried to die.

Jim Morrison

Und die Welt dreht sich und sie dreht sich weiter und dort, wo nichts ist, da ist auch nichts und anderswo gibt es von allem genug und noch so manches, worüber man reden muss, und die Welt ist groß und Gott auch und die Erde rund und der Ball nicht minder und alles hat seine Bestimmung und jeder einen Plan und das Leben findet einen Weg und so weiter. Und manche Wissenschaftler sagten, vor zwanzigtausendmillionen Jahren habe es einen URKNALL gegeben und Expansion und Evolution und Eukaryonten und Trilobiten und Arm- und Kopf- und Vierfüßler – so nach und nach jedenfalls. Und andere Wissenschaftler behaupteten, die Erde sei vierhundertfünfzigmillionen Jahre alt und es sei lange Zeit nichts gewesen, nur ein paar Vulkane und Gase, und später habe sich eine Kruste gebildet und darauf hätten Algen und Farne und Schachtelhalme und Lebermoose und Nacktsamige und so weiter gelebt – das sei jedenfalls alles, was sie darüber wüssten. Und wieder andere Wissenschaftler waren der Meinung, das Universum sei eigentlich eine in sich unendliche Kugel und die Krümmung von Raum und Zeit mache jede andere Wahrnehmung unmöglich, aber es müsse eine Art Hülle geben, die alles ummantle und zusammenhalte, und wichtiger noch, diese definiere erst ein Äußeres, das voller Geheimnisse stecke. Und ganz andere Wissenschaftler hatten gar keine Ahnung und sie gaben das auch zu und sagten, das seien doch alles nur Vermutungen und wie immer man es auch drehe und wende, der Ursprung bleibe ein ewiges Rätsel.

Und was auch immer geschah und wie lange es auch dauern mochte, es gab zu allen Zeiten (an allen Orten) OPTIMISTEN und PESSIMISTEN und BOHEMIENS, man nannte sie nur nicht immer so und ihre Zahl variierte stark. Und der Mensch wurde aus dem Paradies vertrieben und im

Kambrium kroch er aus dem Meer und machte sich die Welt untertan. Und er aß viel und trank einiges und war unternehmungslustig und neugierig und als Spezies ein echter Renner, geneigt, zu expandieren und andere Arten (die weniger selbstbewusst und offensiv und so weiter waren) zu verdrängen – es gab das große Fressen und das Gefressenwerden und es lief selten anders und immer darauf hinaus. Und die Geschichte nahm ihren Lauf und es gab Kontinente und Dinosaurier und Säuger und Mammuts und Moschusochsen und wollige Nashörner und alles war in Bewegung und am Puls der Zeit und die einen kamen und die anderen gingen und Pangea zerbrach. Und viele Wissenschaftler waren der Meinung, die Kontinente drifteten auseinander und im Grunde sei das für Menschen wie Surfen oder Skateboard fahren, nur nicht ganz so rasant und unsicher. Und einige sagten, Amerika bewege sich drei Zentimeter im Jahr nach Norden, und andere sagten, Europa bewege sich zwei Zentimeter nach Süden (pro Monat), und wieder andere waren der Ansicht, Geschwindigkeiten änderten sich im Laufe der Zeit und früher hätten sich Kontinente vielleicht schneller bewegt und heute seien sie langsamer und das liege daran, dass immer mehr Menschen darauf herumstünden und Gewicht mache bekanntlich träge und so weiter – jedenfalls war das als Erklärung für alle nachvollziehbar. Und der Himmel war blau und das Gras grün und das war deshalb so, weil es die besten Farben dafür waren und Gott persönlich sie ausgesucht hatte – und auch das war verständlich und vollkommen plausibel.

Und manche Leute meinten, die Welt sei eine Scheibe, und andere waren überzeugt davon, sie sei hohl, und wieder andere behaupteten, sie müsse rund sein, aber man war sich einig, dass alles wohl egal wäre, wenn ein Komet einschlüge oder alle Vulkane der Welt gleichzeitig explodierten oder gar etwas noch Schrecklicheres passieren möge. Und es wurde klar, dass man früher zwar weniger wusste, aber irgendwie war alles überschaubarer und einfacher und man legte auch nicht so viel Wert auf Aussehen oder Körperpflege oder Moral oder Mobilität oder so ähnlich. Und die Frauen mochten Männer, die stark rochen und kräftige Arme hatten und potent waren, und die Männer wiederum mochten Frauen mit breiten Becken und prallen Lippen und großen Brüsten und schlanken Taillen.

Und viele Jahre zuvor lebten auf der Erde noch Pessimisten, die Fühler hatten und weiche Körper und Schwänze und so weiter, aber die wurden schnell gefressen und vergessen. Und es lebten auch Optimisten, die hatten Scheren und Schalen und krochen schneller als alle anderen – und die wurden auch gefressen. Und Bohemiens krochen gar nicht, die protestierten dagegen und fraßen zur Not auch sich selbst. Und dann gab es Steine und Feuer und Muschelanhänger und Hügelgräber und alle konnten auf einmal sprechen oder sich irgendwie bemerkbar machen und hatten Gefühle und kommunizierten mit Zeichen und Gesten und Gurrlauten und Pantomime. Und einige Mongolen wanderten nach Amerika aus und sie waren voller Tatendrang und hatten jede Menge Spaß, aber später kamen sie wieder zurück und lebten dort, wo sie immer schon gelebt hatten. Und unterdessen zogen Sumerer nach Mesopotamien und Etrusker nach Europa und Edomiter nach Palästina und Perser nach Kleinasien und Thebaner nach Griechenland und Gallier nach Italien und Alanen nach Spanien und Hunnen nach Burgund und Gepiden in die Lausitz und Awaren nach Böhmen und Petschenegen nach Rumänien und Kumanen an den Rhein und so weiter – und nur die Ägypter blieben, wo sie immer waren, denn sie waren nicht ganz so mobil und hätten auch viel zu viel Gepäck zu tragen gehabt. Und die erfanden stattdessen das Bier und züchteten Gänse und Enten und die Sumerer erfanden einen Wagen mit vier Rädern für ihre Götter und Könige und die Mongolen erfanden gar nichts, die ritten durch Steppen und sangen kompromittierende Lieder und verehrten die Natur. Und die Römer wiederum zogen zu Felde und erfanden ganz viele nützliche Sachen und hatten bald viel Geld und Wertpapiere und Erbschaftssteuern und Kanalarbeiter und Dresscodes für Prostituierte und Feldherrnschwänke und Senatorenforen und sie liebten Würfelspiele und Gladiatoren und Zahnstocher und Partys. Und die Griechen erfanden auch ganz viel und sie tüftelten und werkten und zerbrachen sich nur so die Köpfe, wie man der Welt etwas Bleibendes hinterlassen könnte, und sie schufen Götter und Philosophien und Komödien und Demokratien und so weiter – und sie dachten ständig darüber nach, wie man dieses und jenes weiter optimieren könnte.

Und ein gewisser Zeus verliebte sich einmal in die schöne Königstochter Europa und er wollte nicht gleich als Gott daherkommen und dick auftragen und so weiter und verwandelte sich daher in einen fetten Stier, um Europa einfach nur unauffällig zu küssen (was ganz schön komisch aussah), und der Kuss verdrehte seinen Kopf und Zeus bekam ganz viele Schmetterlinge im Bauch und er entführte Europa, damit sie fernab glücklich und zufrieden miteinander leben könnten – und ein Mann hörte später davon und der hat sogar ein Bild davon gemalt. Und schon damals war klar, irgendwann würde jemand daherkommen und Kommunikationstools erfinden und Smart Phones und Digicams und DVDs und Datenautobahnen und alle würden miteinander in Verbindung stehen und Probleme diskutieren, die früher das Leben bestimmt hatten, aber jetzt endgültig der Vergangenheit angehörten. Und man würde einander gewogen sein und ein gemeinsames Ziel haben und einander verzeihen und das Böse für immer von dieser Welt bannen. Und bald schon wurde alles niedergeschrieben, wie alles begann und wo alles endet und was sich gehört und was nicht, und man bemalte Höhlen und Tontafeln und knüpfte Teppiche und verzierte Felle und Häute und Stoffreste und Papyrusrollen. Und alte Grenzen lösten sich auf und neue kamen und Menschen wurden zu Völkern und Völker zu Nationen und man kämpfte mit- und gegeneinander und köpfte und pfählte und verbrannte und umarmte sich. Und man schuf Legenden und Märchen und Gesetze und Codices und alles blieb im Wandel und im Fluss. Und Herrscher und Günstlinge und Götter und Untergebene, alle kamen sie und gingen und die Bevölkerung wuchs rapide und immer gab es Optimisten und Pessimisten und Bohemiens, die dann schon wieder alle ganz anders hießen.

Und einmal verliebte sich ein Mann so sehr, dass er ständig nach neuen Kosenamen für seine Frau suchte und er nannte sie Aphrodite und Venus und Konstanze und Europa und sie lebten in Eintracht und Frieden und hatten ganz viele glückliche Kinder. Und ein anderer Mann hörte davon und dachte sich, dass Europa ein viel zu schöner Name sei für eine einzelne Frau, und er nannte jede Frau Europa und hatte später auch ganz viele Kinder.

Und Europa war keine eigentliche Geschichte, vielmehr ein Ächzen und Stöhnen und Bluten und Dröhnen und manche Historiker sagten sogar, Europa sei in erster

Linie eine Erinnerung daran, wie das Leben früher einmal gewesen sei. Und heute sind ja ganz viele Menschen der Meinung, dass früher alles besser gewesen sein müsse, auch wenn es damals kein Fernsehen oder Telefon oder warmes Wasser gab. Und andere wiederum sagten, die jungen Leute von heute wüssten doch gar nicht, wie schwer es die Menschen damals gehabt hätten und wie leicht doch alles der heutigen Generation falle, mit ihren Computern und Stipendien und Spielsachen und Moden. Und Amerika und Asien und Afrika und so weiter waren auch nie Geschichte, jedenfalls keine, die man leichtfertig erzählen möchte – manchmal wusste man viel und begriff wenig, man notierte zwar die Geschichten der Völker, aber jeder erzählte, was er wollte, und hielt sich an seine Experten oder hatte die Weisheit schlicht mit dem Löffel gefressen. Und im Grunde bewies alles gar nichts – vielleicht nur, dass in nichts Demut und Erkenntnis innewohnt und keine Milde oder Aussicht auf bessere, weil friedlichere Zeiten. Und wenn Europa jemals eine wirkliche Geschichte werden soll, so ist es keine der Polen und Engländer und Franzosen und Italiener und Spanier und Portugiesen und Ungarn und Tschechen und Slowaken und Finnen und Schweden und Norweger und Luxemburger und Belgier und Niederländer und Liechtensteiner und Albaner und Serben und Kroaten und Dänen und Schweizer und Slowenen und Bulgaren und Türken und Rumänen und Litauer und Letten und Esten und Russen und Österreicher und Ukrainer und Deutschen und so weiter, sondern eigentlich die Geschichte aller.

Und die Europäer erzählten sich gern davon, wer sie und ihre Völker nicht waren, und sie berichtigten und begradigten und akzentuierten und betonten und formten ihren Narrativ und strahlende Morgen und die Kategorien des Übermorgens ganz neuer Welten – und stets meinten sie Identität und Gerechtigkeit und Demokratie und Territorium und Willen und Glauben. Und ein Politologe sagte einmal, Europäer und Amerikaner und Asiaten und Afrikaner, ganz egal wer, alle lebten in MEMOKRATIEN – und er stellte Thesen auf und formierte Kategorien und erfand ganz neue Begriffe, auf die er sich künftig bezog. Und er sprach von KOLLEKTIVEM GESCHICHTSVERSTÄNDNIS und DEMOSTYPOLOGIEN und PROTOMEMOIREN und ERINNERUNGSFASERN und FAKTIZITÄTSLÜCKEN und so weiter. Und ein Philosoph wiederum schrieb einmal, Erinnerungen seien in Europa ausgeprägter als anderswo, da ihre Präsenz gleichzeitig Präsens und Präteritum inkludiere. Und die Europäer seien allesamt fromme Schwafler, die sich gegenseitig Geschichten auftischten und Weisheiten und das Blaue vom Himmel und so weiter, weil sie einander gar nicht wirklich zuhörten. Und ein anderer Philosoph meinte, Menschen zementierten ein ganzes Leben lang nur Klischees und Stereotype und ihre Erinnerungen seien Konstrukte und Opiate – oder viel Schlimmeres.

Und heute sind die Geschichten der Menschen interpretierbar geworden und sie unterliegen Interessenskonflikten oder dem Selbstzweck, der Egomanie und dem Standbild – ein Volk ist ein Volk ist ein Volk. Und eine Nation verfügt über einen Nationalstaat und das ist ein Land, das einem Volk gehört, und Anspruch beruht auf Tradition und Recht und Erwähltheit und Demut vor Gott. Und es gibt die Geschichten der Väter und Großväter und so weiter und alle erinnern sich und bekommen ganz feuchte Augen oder sind wachsam und fortschrittlich und bekennend und dynamisch, einer besseren Welt dicht auf den Fersen. Und überall auf der Welt erzählen sich Menschen Geschichten, von denen sie glauben, dass sie wahr sein müssen, und wenn doch alle diese eine Wahrheit erkennen würden – es wäre das Paradies auf Erden. Und sie reden darüber mit ihren Kindern und Kindeskindern und Freunden und Fremden und sie reden beim Einkaufen und Spazierengehen und Wandern und Wirtschaften und manche reden sogar im Schlaf oder beim Geschlechtsverkehr. Und sie meinen ihre Tradition und das Anrecht auf Zukunft, die göttliche Sendung und Gott, den Allmächtigen, ihre Gesetze und den Fatalismus der Anderen. Und überall auf der Welt glauben die Menschen, sie hätten eine Bestimmung oder ruhmreiche Vergangenheit oder Aufgabe und Gloria, und sie glauben an Wohlstand und Ewigkeit und Geburt und Wiederkehr – und viele sind überzeugt, es gäbe ein Leben nach dem Tod, und andere meinen, es habe Leben auf dem Mars gegeben, und wieder andere sagen, Leben sei lediglich ein intelligentes Programm und diene entfernten Beobachtern in anderen Galaxien als Dokusoap oder Aquarium oder schlechthin Entertainment. Und Inspiration sei alles und Zerstreuung ein Muss und alle Menschen seien Brüder oder zumindest entfernte Verwandte, die einander mit Achtung und Respekt und Anstand begegnen.

Und viele Geistliche waren der Meinung, für manche gelte das mehr und für andere weniger und Gott habe eben so seine Gründe und die seien wahrhaftig und selbstlos und man müsse folgsam sein und die Heiligen Schriften nur richtig lesen und sich daran halten – auch wenn man sie vielleicht nicht ganz verstehe. Und sie behaupteten, man müsse doch nur akzeptieren, was Gott für die Menschen plane und warum, und dürfe sich keinen Illusionen hingeben oder eigenwilligen Gedanken oder so ähnlich – das sei eine Sünde. Und ein Netzwerkspezialist schrieb einmal, er stelle sich Gott als interaktive und allmächtige Einheit vor, die sich selbst programmiere und alles andere impliziere – und bevor es diesen Gott gegeben habe, habe es ein anderes, langsameres Netzwerk gegeben, mit Einheiten, die nicht ganz so effizient gewesen seien. Und ein Philosoph sagte einmal, Gott sei tot und es habe nie einen gegeben und alles sei nur ein gewaltiger Schwindel, in dem sich die Sehnsucht des Menschen nach Führung manifestiere. Und die Menschen hielten es, wie sie wollten, die einen glaubten dies und die anderen das und viele hatten gar keine Wahl, sie wurden getauft und beschnitten und sozialisiert und setzten sich für das ein, was sie kannten, weil sie nie etwas anderes gelernt hatten. Und andere wiederum glaubten an das, was gerade so modern und nützlich war, und sie erfanden den Opportunismus und Legitimationen und Heimatfilme und das alles nutzten sie später aus, um über andere zu herrschen. Und wieder ganz andere erfanden Kulturrevolutionen und Glaubenskriege und Allianzen und Volkswirtschaften und so weiter – aber auch sie wollten nur irgendwen unterwerfen und es war nie von allzu langer Dauer.

Und wenn man in Europa (und Amerika und Asien und so weiter) von Staaten sprach, meinte man ein erkämpftes Land, auf das man fortan Anrecht habe – und man glorifizierte seine Ahnen und Väter und Begründer und Recken und Ritter und Krieger und Tradition war seit jeher etwas Schönes und Blut dicker als Wasser und Auge um Auge und so weiter. Und überhaupt war ein Staat zunächst etwas Mystisches und verlor sich immer im Dunkel der Vorzeit und gern trat eines Tages ein HEROS als Begründer gesellschaftlicher Ordnung auf die Bühne der Geschichte und nahm scheinbar unbewohntes Land in Besitz oder rang es

Tieren ab oder Tiermenschen oder Halbprimaten und so weiter, aus deren Häuten er sich später Roben und Mützen und Handschuhe nähte, besungen von der Dichtung. Und anderen Theorien zufolge war ein Staat eine logische Folge von Damm- und Kanalbauten und Be- und Entwässerungsprogrammen und lediglich eine Koordinierungsinstanz prähistorischer Wasserwirtschaft – in Mesopotamien und Indien und China und Holland durchaus denkbar. Und wieder andere Theorien gingen davon aus, dass Häuptlinge und Schamanen und Clanführer und Oberhäupter und so weiter irgendwann die Grenzen ihrer Herrschaft absteckten und Siedlungen gründeten und sich auf Götter beriefen und Erbfolgen und Grundbesitz und Familienbande und Willkür und Standrecht. Und einige Wissenschaftler glaubten sogar, dass Staaten durch Koalition und Heirat und Kalkül und so weiter entstanden seien, da die Welt immer gefährlicher geworden sei und der Einzelne wenig gezählt habe. Und es sei zusehends schwerer gefallen, Ländereien zu erobern und Leute von den eigenen Fähigkeiten zu überzeugen, und viel einfacher sei es ja gewesen, zu heiraten und nur so zu tun, als hätte man eine große Schlacht gewonnen. Und andere Wissenschaftler sagten, Staaten seien nur erfunden worden, damit die Mächtigen eine Bühne besäßen, auf der sie ihre Kräfte prüfen könnten, bevor sie sich mit anderen Mächtigen mäßen – und es sei logisch, die mentalen und physischen Möglichkeiten zunächst vor Speichelleckern und Untertanen und Dienern zu erproben.

Und nach mehreren tausend Jahren Geschichte und Milliarden solcher Geschichten und Oligarchien und Absolutismen und Feudalismen und Imperialismen und Monarchismen und Totalitarismen und Konservatismen glaubten am Ende des neunzehnten Jahrhunderts die Menschen in Europa schließlich an den Materialismus und Fortschritt, was gut war und historisch zugleich, da die Arbeit gedieh und die Aufklärung auch. Und man sinnierte über Milieutheorien und den Positivismus und den Utilitarismus und den Darwinismus und den Monismus und so weiter und lachte über Magie und Mythos und Propheten. Und ein Unternehmer sagte einmal, die Gesetze der Physik hätten ein klares Weltbild geschaffen und er selbst wolle davon profitieren – der Glaube an übernatürliche Einflüsse hingegen beschränke sich auf einfältiges Volk und Hinterwäldler und Debile und sei nicht vereinbar mit dem modernen Menschen. Und heute weiß man, dass andere Faktoren über die Entwicklung eines Menschen entscheiden, Erbanlage und Umwelteinflüsse und Chromosome, und damals wusste man noch nichts über Genforschung und sauren Regen und Klone und den Treibhauseffekt. Und die Menschen wussten damals vielleicht schon mehr, aber zugleich wussten sie weniger und wie so oft nach vielversprechenden Anklängen legte sich bald Dunkelheit über die Welt, die Kehrseite einer gefälligen und lichten Existenz. Und viele Europäer und Amerikaner und Asiaten hatten plötzlich Vorbehalte gegen die Wissenschaft und sie glaubten wieder an übernatürliche Mächte, die man durch Gunst und Opfer erweichen könne, und nur im Verein oder kollektiven Verband oder so ähnlich gebe es Aussicht auf Erlösung, weil dort der Mensch sich selbst gehöre. Und viele Verbände wurden gegründet und zerbrachen wieder und wenn sich eine Gemeinschaft etablierte, kam sogleich einer, der sie als borniert und fossil titulierte, und der gründete dann eine neue Gemeinschaft, mit noch hehreren Zielen. Und es gab ständig neue Tendenzen und Strömungen und Erkenntnisse und Visionen und manche setzten sich durch und andere nicht, was in einen tiefen Pessimismus auf der einen und einen optimistischen Fortschrittsglauben auf der anderen Seite mündete. Und im Grunde legten sich die Leute alles aus, wie sie es gerade brauchten, und was einige für Flexibilität und einen Beweis dessen hielten, dass dem Menschen keine Grenzen gesetzt seien, darin sahen andere nur Ohnmacht und Verzweiflung und Suizid und Revolte. Und ganz andere wiederum übten sich in einer altbekannten, wenn auch schon wieder vergessenen Form der Gesellschaftskritik, denn sie lebten von einem Tag auf den anderen und standen nur selten im Rampenlicht – was ihnen im neunzehnten Jahrhundert erneut das Attribut BOHEMIEN einbrachte. Und sie galten als Praktiker und Abenteurer und Bastler und Weltbürger aus Berufung und wenn es darauf ankam, deklarierten sie sich als Oppositionelle und Feinde des Spießbürgertums und Verächter von Glaubenszirkeln und Staatsgewalten und so weiter – jedenfalls aller satten und blinden und kulturfeindlichen Besitzenden. Und irgendwann schrieb einer eine Geschichte, wonach Bohemiens alle in einem Reich namens Bohemia lebten und es sich dort gut gehen ließen, und sie waren unter sich, ohne ein erzwungenes Miteinander, und alles war beschaulich und überschaubar und es gab keinen König oder sonstige Klassen und viele Jahre später glaubten alle, es sei ein Märchen gewesen und nur gut erfunden.

Und im zwanzigsten Jahrhundert schließlich wurde viel verkauft und im einundzwanzigsten auch und manchmal für blöd und alle großen Führer waren talentierte Verkäufer und darum ging es doch. Und irgendwann erfand man den freien Markt und Angebot und Nachfrage und so weiter und im Grunde hieß das nur, dass jeder alles tun konnte, was er wollte, solange er jemanden fand, der genau dafür den Kopf hinhielt. Und manche Leute waren ausgesprochene Pessimisten und die nannte man Konsumenten und andere wiederum waren überzeugte Optimisten und die nannten sich Produzenten und Abteilungsleiter und Direktoren und Exzellenzen und so weiter und irgendwann erfand eine Gruppe junger Menschen den Konsumentenschutz und von da an sollte alles besser werden – tat es aber nicht.

Und immer gab es Vergangenheit und Gegenwart und Zukunft und die Pessimisten lebten gern in vergangenen Zeiten und schwelgten und träumten und wurden sehr schnell sentimental und die Optimisten wiederum liebten die Zukunft und sprachen von nichts anderem als davon, wie alles besser würde und moderner und freier und wie man mit der Kraft seiner Gedanken kommunizieren und durch Wände laufen und sich schneller als Licht bewegen und ferne Planeten erobern würde und so wäre wie Gott. Und die Bohemiens lebten im Jetzt und kümmerten sich nicht viel um Ordnung und Wandel und Gesellschaft und Politik und sie mochten gutes Essen und Trinken und Sex und Kunst und vertrieben sich die Zeit gern mit wilden Gelagen. Und es gab Optimisten, die schon immer die ganze Welt zu erobern gedachten, und es gab Pessimisten, die sich wehrten – und auch Wehrdienstverweigerer und Hexen. Und es gab optimistische Forscher und Naturkundler und pessimistische Herrscher und Pyromanen und gottlose Künstler und Gottesfürchtige und Prunk und Pest und Lasten und Laster und Wunder und Wunden – es gab von allem reichlich und genug. Und die Menschen begannen, Konstrukte zu formen, sich zu fragen, wie denn was beschaffen und ob das gut sei oder nicht, und sie sprachen von Entscheidungen und Überzeugungen und von Gott und dem Teufel und dem Prinzip einer eigenen Meinung. Und später sprach man von Bipolarität und Dialektik und Antithesen und korrespondierenden Einheiten und spezifischen Unterschieden und Positionen und Schwarzweißallüren und bist du nicht für, so bist du gegen mich und des einen Freud, des anderen Leid und so weiter.

Und Optimisten waren Leute, die Erfolg haben wollten, und wenn Erfolg bedeutete, zu Boden zu gehen, dann fielen sie um und blieben so lange liegen, bis sie ihr Ziel erreicht hatten. Und wenn Erfolg bedeutete, in die Hände zu klatschen oder zu spucken oder etwas in der Art, dann taten sie das gern und mit Hingabe. Und wenn Erfolg noch etwas wesentlich Schlimmeres bedeutete, dann zuckten sie kurz mit den Wimpern oder Schultern und taten so, als hätten sie es nicht besser gewusst, und man müsse Opfer bringen und wo gehobelt werde, da fielen Späne und es sei für Gott und Vaterland und eine bessere Welt oder so ähnlich. Und die Amerikaner waren immer große Optimisten und die Europäer hatten so ihre Bedenken und waren nie ganz so erfolgreich und die Afrikaner wiederum waren schwarz und wussten vom Erfolg gar nichts. Und früher sagte man in Europa NEGER oder KAFFER oder BIMBO und das war politisch korrekt und niemanden störte das und es hätte ja niemand böse gemeint. Und heute darf man das nicht mehr sagen und sogar Zeitungen schreiben jetzt AFROAMERIKANER oder SCHWARZAFRIKANER oder DUNKELHÄUTIGE SCHÖNHEITEN oder so ähnlich. Und einst waren die Afrikaner große Bohemiens, denn sie lebten in einer schönen Landschaft und jagten Antilopen und Springböcke und alles war so einfach und unkompliziert. Und die Savanne brodelte und die Menschen tanzten und trugen Kopfschmuck und wenn es regnete, waren alle glücklich und guter Dinge. Und später kamen die Weißen und die Menschen wurden versklavt und verschifft und es regnete Tränen und die Geschichte nahm ihren Lauf.

Und einmal fuhr ein Schwarzafrikaner mit der Straßenbahn in sein Büro und gegenüber saßen ein paar weiße Jugendliche und die grinsten und tuschelten und dann schrien sie SCHIMPANSENFICKER und warfen ihm Bananen zu. Und es stellte sich heraus, dass sie das von ihren Eltern hatten, die der Meinung waren, dass Afrikaner Leute seien, die unmittelbar vom Affen abstammten und bis heute mit ihm verkehrten. Und früher mussten Afrikaner sehr viel arbeiten und sie mähten Felder und bestellten Plantagen und den ganzen Tag schien die Sonne und sie sangen und brummten und waren nicht oft guter Dinge und ihre Lieder trugen Titel wie EVERY MAN WANTS TO BE FREE und MISSISSIPPI BURNING und DIGGIN' YOUR POTATOES und so weiter. Und heute singen Afrikaner weniger, denn sie rappen lieber und wenn sie so richtig singen, dann hört man noch Lieder wie MY BABY LEFT ME oder I LEFT MY HOME oder COTTON FIELDS oder so ähnlich und das nennen sie BLUES. Und Pessimisten mögen Blues und Optimisten hören lieber Rock oder Pop oder gar keine Musik, weil sie das von Aufgaben ablenken und so den Erfolg kosten könnte.

Und Männer waren optimistischer als Frauen, was daran lag, dass sie über mehr Ratio verfügten und von Haus aus mehr Muskeln hatten und Testosteron und das war eben ROCK. Und die Frauen trugen Röcke und waren emotionaler und hatten mehr Fett und Östrogene und das war dann BLUES und viel mehr gab es da nicht zu verstehen. Und Männer wollten Erfolg haben und Macht und Geld besitzen und schnelle Nummern schieben und Frauen wollten Familien gründen und Geborgenheit finden und

Liebe machen. Und Männer saßen gern in Regierungen und Vorständen und schnellen Autos und sie beschlossen Gesetze und Vorschriften und Frauen liebten Geselligkeit und Hausarbeit. Und die meisten Regierenden waren Männer und sie galten als optimistisch (vor allem nach außen) und hatten Programme und Pläne und Budgets. Und in Europa wurden Regierungen gewählt und in Afrika weniger und in Amerika und Asien wurde auch gern gewählt, aber am liebsten dann, wenn vorher schon alles klar war. Und viele Regierungen hatten so Ziele wie Vollbeschäftigung und Strukturreform und Sozialismus und Nationalbewusstsein und Kaufkraft und Wirtschaftswachstum und so weiter. Und ein Politologe sagte einmal, die beste Regierung sei ja die, die am allerwenigsten regiere, und noch besser sei eine Regierung, die überhaupt nicht regiere, und er meinte, das würde die Menschen freier machen – und mündiger. Und ein Chirurg sagte einmal, eine gute Regierung sei wie ein Blinddarm und auch genauso wichtig, aber manchmal mache sich ein Blinddarm eben bemerkbar und dann müsse operiert werden und das könne schon blutige Folgen haben und auch mal mit Lebensgefahr verbunden sein. Und ein Klimaforscher behauptete, er gehe überhaupt nicht mehr wählen und Regierungen müsse man erdulden wie Wolkenbrüche und Windhosen und Flutwellen – das Klima sei eben so.

Und die Optimisten regierten und diskutierten und alles hatte seinen Preis und eine Hand wusch die andere und Geld stank nicht. Und Amerika lebte vom Optimismus und der war dort unbegrenzt möglich, schließlich war es immer ein sehr großes und freies Land. Und in Amerika gab es Tellerwäscher und Millionäre und man schuf Regeln und brach sie wieder und beriet sich und führte Kriege und Komplotte – und alles zum Wohle der Welt, das Paradies vor Augen. Und Gott war das Vorbild und der schuf viele Gebote und Gesetze und Maßregeln und alle Optimisten (in Amerika und Europa und so weiter) taten ihm das nach und sie schufen ganz neue Gesetze für Männer und Frauen und Tiere und Kinder und behaupteten, diese kämen von Gott, weil der stets präsent sei, er spreche neuerdings nur lieber durch Päpste und Kardinäle und Präsidenten und Fürsten und so weiter. Und es habe schon alles seine Ordnung und Gott werde dafür sorgen, dass man in den Himmel komme, und dort sei ein Leben in Saus und Braus möglich mit Jungfrauen und Jünglingen und so weiter – wenn man sich nur brav an das hielte, was auf der Erde beschlossen.

Und in Miami verboten sie allen Männern, einen Morgenmantel zu tragen, und als ein Mann dagegen protestierte, kam die Polizei und man demonstrierte Entschlossenheit und Härte und gab ihm zunächst so richtig eins auf die Schnauze und später wurde er in Handschellen abgeführt und verurteilt und die Nachbarn sprachen nicht mehr mit ihm, weil sie dachten, er hätte Kinder vergewaltigt oder noch schlimmer. Und in Iowa wiederum wurde jeder männlichen Person untersagt, innerhalb der Stadtgrenzen einer unbekannten Frau zuzuwinken oder nachzupfeifen oder zuzuzwinkern oder so ähnlich. Und einige Männer hielten sich nicht daran und sie bekamen Schwierigkeiten und Strafen und Ohrfeigen und einer von ihnen beschwerte sich und behauptete, er kenne die Frau von irgendwoher und hätte nichts Ungesetzliches getan. Und niemand glaubte ihm und der Mann beauftragte einen Detektiv und der forschte nach und später stellte sich heraus, dass die Frau eine entfernte Cousine des Mannes war, die er vor zwanzig Jahren zum letzten Mal gesehen hatte – er wurde voll rehabilitiert.

Und in Pennsylvania darf ein Mann ohne schriftliche Genehmigung seiner Frau keinen Alkohol einkaufen, auch nicht Spiritus oder Fensterreiniger oder so ähnlich, und in Europa lachen sie da noch heute darüber und in Pennsylvania weniger. Und in Utah ist ein Mann für jedes kriminelle Vergehen seiner Frau verantwortlich und viele Männer sitzen im Gefängnis, aufgrund falscher Partnerwahl. Und in Florida wiederum ist es Männern verboten, sich mit einer sichtbaren Erektion in der Öffentlichkeit sehen zu lassen, und wer dagegen verstößt, muss mit einer hohen Geldbuße rechnen. Und eines Morgens wurde ein Obdachloser (der auf einer Parkbank schlief) von zwei älteren Damen angezeigt, da er eine Erektion hatte und die Polizei kam und führte ihn ab und der Mann behauptete verzweifelt, es sei natürlich und nicht zu steuern, und die Damen meinten nur, er sei widerwärtig und pervers und gehöre kastriert. Und ein Humanbiologe fand später heraus, dass Erektionen am Morgen ganz normal seien und unbewusst abliefen und alles andere weise auf Impotenz hin. Und in New Mexico dürfen die Taschen eines Mannes jederzeit von seiner Ehefrau durchsucht werden und kein Mann darf ohne seine Frau einen Hut kaufen gehen, was entschieden den Geschmack prägt, und zumeist trägt man dort breite Hüte und oft sind sie bunt oder gemustert.

Und in Minnesota wird allen Männern gesetzlich abverlangt, sich einen Bart wachsen zu lassen und diesen zu pflegen und zu waschen, und wenn man einen Mann ohne Bart sieht, so weiß man sofort, der ist nicht von hier und nur auf der Durchreise. Und viele Araber kommen nach Minnesota und erzählen später zu Hause, dass sogar für Amerika noch Hoffnung bestehe – wenn man jetzt konsequent sei und hart durchgreife und auf keinen Fall nachlasse. Und viele Frauen mögen ja keine Bärte und sie gehen fort, nach New York oder Texas oder England und leben dort mit Männern zusammen, die sich anständig rasieren – und das macht sie glücklich. Und in Auburn im Bundesstaat Washington sind die Männer reinlich und gepflegt und es könnte das Paradies auf Erden sein, wäre es ihnen nicht verboten, Jungfrauen zu deflorieren, und Alter und Familienstand und Einverständnis der Frau spielen da überhaupt keine Rolle. Und viele Mohammedaner finden das gut und bei genauerem Hinsehen erkenne man das, was einen verbindet, und nicht das, was trennt. Und ein progressiver Mullah schlug sogar vor, eine Städtepartnerschaft mit Auburn einzugehen, um so gemeinsam ein Zeichen zu setzen – aber vielen Islamisten ging das dann doch zu weit und der Mann wurde gesteinigt.

Und in Alabama ist es Männern verboten, in der Gegenwart von Frauen auf den Boden zu spucken, und ein Mann ärgerte sich einmal so darüber, dass er vor einer Frau auf den Boden urinierte und behauptete, dies sei in Alabama ausdrücklich allen Männern und Hunden vorbehalten. Und in Michigan wiederum ist es Männern verboten, in Gegenwart von Frauen und Kindern unanständige und obszöne und vulgäre Wörter zu gebrauchen, und im Jahr neunzehnhundertundneunundneunzig unternahm ein Mann eine Kanutour und er fuhr auf einen Felsen und das Kanu sank und der Mann auch und er rettete sich ans Ufer und fluchte und schrie fünfundsiebzigmal das Wort FUCK. Und da am Ufer Frauen und Kinder Zeugen dieses Schauspiels wurden, kam die Polizei und der Mann wurde vor Gericht gestellt und verurteilt. Und in Utah ist es Männern verboten, einen falschen Schnurrbart zu tragen, wenn dieser Kirchenbesucher zum Lachen verleiten könnte und die Messdiener kontrollieren das penibel, denn nichts könne Gott mehr beleidigen als das Lachen in einem Gotteshaus und das Leben sei auch schon so schwer genug.

Und in Tasmanien ist es Männern verboten, zwischen Sonnenuntergang und Sonnenaufgang Frauenkleider zu tragen – was man tagsüber so mache, sei hingegen egal, und viele schminken sich morgens und tragen Strümpfe und manchmal zwinkern sie einander auf der Straße zu und flüstern TASMANISCHER TIGER oder SONNENKIND oder so ähnlich. Und während der Fischfangsaison wurde wiederum Männern in New Jersey per Gesetz das Stricken untersagt und auch das Häkeln und Weben und Knüpfen und überhaupt jede Art von Hausarbeit. Und viele Männer waren froh und grinsten und gingen fischen und tranken Bier und den Frauen stank das gehörig und sie protestierten dagegen – ohne Erfolg. Und in Arkansas wiederum darf ein Mann seine Frau schlagen, allerdings nur einmal im Monat und nur, wenn es die Frau wirklich verdient. Und Frauen, die nicht ordentlich bekleidet sind, dürfen kein Auto fahren und kein Restaurant aufsuchen oder so ähnlich. Und in Montana wurde es Frauen verboten, auf einem Tisch zu tanzen, wenn sie nicht mindestens drei Pfund und zwei Unzen an Bekleidungsstücken am Leib trügen und als das ein Lokalbesitzer einmal kontrollieren wollte, wurde er von einer Frau im Gesicht zerkratzt und in den Unterleib getreten und sogar seine eigene Frau meinte, er sei ein Schwein und sie habe genau gesehen, was da abgelaufen sei. Und in Illinois wurde allen weiblichen Singles vorgeschrieben, männliche Junggesellen mit MASTER anzureden – sonst drohe eine Strafe von vierhundert Dollar. Und viele Frauen fühlten sich ganz furchtbar dabei und empfanden es als Provokation und Frechheit und sie schäumten vor Wut. Und wer wiederum innerhalb der Stadtgrenzen von Chico (Kalifornien) einen Nuklearsprengkörper zur Detonation bringt, muss mit einer Geldstrafe von bis zu fünfhundert Dollar rechnen – Ironie gehört verboten.

Und einmal schlief in Florida eine Frau unter der Trockenhaube ein und ihre Haare verbrannten und ihre Haut auch und der Frisör telefonierte und hatte gerade Streit mit seinem Freund und sie verklagte später den Staat Florida, weil ein Frisör doch auf so etwas achten müsse und es gebe schließlich mehr Frauen unter Trockenhauben als im Straßenverkehr. Und die Frau bekam zehntausend Dollar Schmerzensgeld und Florida verabschiedete umgehend ein Gesetz, wonach homosexuelle Frisöre für ihre Kunden haften. Und in Los Angeles darf jeder Mann seine Frau mit einem Lederriemen schlagen, vorausgesetzt, der Riemen ist nicht breiter als zwei Inches, und wenn der Mann einen breiteren Riemen benutzen will, bedarf es der ausdrücklichen Erlaubnis seiner Ehefrau. Und in Virginia darf keine Frau das Haus verlassen, ohne ein Korsett zu tragen, und um die Einhaltung dieses Gesetzes zu garantieren, gibt es einen nur Männern vorbehaltenen Beamtenposten – den des Korsettinspektors. Und in Missouri wiederum ist es Frauen strengstens verboten, ein Korsett zu tragen, mit der optimistischen Begründung DAS PRIVILEG, EINEN KURVENREICHEN UND DURCH NICHTS EINGEENGTEN KÖRPER EINER JUNGEN FRAU BEWUNDERN ZU DÜRFEN, DARF DEM NORMALEN AMERIKANISCHEN MANN NICHT VERWEIGERT WERDEN. Und in Memphis dürfen Frauen einem Gesetz zufolge nur Auto fahren, wenn ein Mann vor dem Auto herläuft und zur Warnung von Fußgängern und anderen Autofahrern eine rote Fahne schwenkt. Und irgendwann gab es sogar eine Novelle und die Männer durften fortan auch mit dem Fahrrad fahren und mussten dann aber ein rotes Warnblinklicht am Lenker montieren und manche von ihnen riefen zur Sicherheit aller ATTENTION und andere nur SHIT. Und in Tennessee ist es Frauen ausdrücklich untersagt, Männer anzurufen, um sich mit ihnen zu verabreden, aber den meisten Frauen ist das egal und sie rufen an, wen sie wollen, und die Polizei ist machtlos, denn so einfach sei das Ganze nicht zu ahnden. Und einige Polizeibeamte meinten, man müsse Frauen das Telefonieren generell verbieten – und die Hochschulbildung und das Mobiltelefon. Und viele Männer waren ganz ihrer Meinung und sagten, dass nur so die Telefonkosten sänken und ihnen mehr Geld bleibe, um die Wirtschaft anzukurbeln. Und die Kinder seien ohnehin belastend und überhaupt sei alles viel zu teuer, die Lebensmittel und das Bier und so weiter, und das ganze Leben gehe darüber den Bach hinunter. Und die großen Konzerne und Funkbetreiber hatten da ganz andere Interessen und sie riefen den Präsidenten an und sagten etwas von Wahlkampf und Spenden und das Gesetz war am nächsten Tag vom Tisch und Tennessee fühlte sich betrogen und vorgeführt. Und keine Frau darf in einem Badeanzug einen Highway in Kentucky betreten, wenn sie nicht von mindestens zwei Polizisten eskortiert wird oder mit einem dicken Knüppel bewaffnet ist und das Gesetz tritt nicht in Kraft, wenn die Frau weniger als neunzig oder mehr als zweihundert Pfund wiegt. Und einmal hat eine Frau, die mehr als zweihundert Pfund wog, eine Klage eingereicht und sie sagte, sie fühle sich diskriminiert und zweitklassig und unbeachtet und ungeliebt – und aus Frust schlug sie einen Mann tot, mit einem Baseballschläger.

Und in Michigan gehört das Haar einer Frau nicht etwa der Frau, sondern ihrem Ehemann – und einmal erzählte eine Frau einem Reporter, sie fühle sich wie eine Leibeigene und ihr Mann rasiere ihr Scham und Achselhaare und versteigere diese im Internet. Und der Reporter konnte das alles gar nicht fassen und er schrieb einen langen Artikel darüber und veröffentlichte ihn und später verlor er deswegen seinen Job und konnte das gar nicht glauben, aber sein Vorgesetzter erklärte ihm, sie müssten Einsparungen machen und Stellen abbauen und es hätte nichts mit seinem Artikel zu tun, das sei völlig an den Haaren herbeigezogen. Und in Cleveland (Ohio) dürfen Frauen keine Lackschuhe tragen, da Männer in ihnen eventuell die Reflexion von etwas sehen könnten, was sie nicht sehen sollen, und das kann alles Mögliche sein, der Nachbar oder die Frau vom Nachbarn oder ein Hund oder Papagei oder der Steuerberater. Und Frauen in Utah wurde verboten, Sex in einem Krankenwagen zu haben, und wenn man sie auf frischer Tat ertappte, konnte das böse Folgen haben wie Anzeige und Gefängnis. Und der Name der Frau wurde in der Tageszeitung veröffentlicht und der Name des Mannes wiederum durfte nicht veröffentlicht werden, der ging völlig straffrei aus und galt vor dem Gesetz als verführt. Und die New Yorker Verkehrsbehörde entschied einmal, dass Frauen OBEN OHNE U-Bahn fahren dürfen, denn ein Gesetz besagt, dass einer Frau dasselbe Recht zugestanden werden müsse wie einem Mann und Männer mit nacktem Oberkörper seien zumindest im Sommer keine Seltenheit. Und einige Frauen testeten das Gesetz und sie bekamen ganz viele Telefonnummern und Verabredungen und fühlten sich heiß und begehrt und andere wiederum wurden belästigt und konnten nicht mehr in Ruhe ihre Zeitung lesen oder ein Buch oder so ähnlich und sie riefen genervt die Polizei. Und ein Polizeisprecher erklärte, dass sich die Beamten wohl mit der Regelung abfinden müssten, und er erklärte vor laufenden Kameras, dass sie halb nackte Frauen ganz besonders scharf beobachten würden. Und sollte eine irgendwelche anderen Regeln oder Verordnungen verletzen, also etwa in der U-Bahn rauchen und so weiter, dann würden sie strengste Maßnahmen ergreifen und die Frau für immer aus dem Verkehr ziehen. Und am nächsten Tag schon verboten sie in New York allen Frauen das Rauchen auf Straßen und in öffentlichen Einrichtungen – als eine Art Strafe. Und in Oxford ist es Frauen untersagt, sich vor dem Gemälde oder Foto eines Mannes zu entkleiden, und in Pennsylvania ist es Hausfrauen verboten, Dreck und Staub unter den Teppich zu kehren, was auch niemand für möglich hält.

Und in St. Louis (Missouri) ist es der Feuerwehr verboten, Frauen zu retten, die nur mit einem Morgenmantel bekleidet sind und gerade mal einen Slip tragen, und um ein Recht auf Rettung zu haben, müssen Frauen vollständig angezogen sein. Und einmal brannte es in St. Louis und die Feuerwehr kam und stürmte in ein Haus und dicke Rauchschwaden zogen umher und sie kamen in ein Zimmer, wo ein älterer Mann eine Fünfzehnjährige nackt an sein Bett gefesselt hatte – und der Mann wurde gerettet und das Mädchen starb. Und in Siena ist es allen Frauen, die MARIA heißen, verboten, als Prostituierte zu arbeiten, und im übrigen Italien ist es das nicht und dort werden Prostituierte, die MARIA heißen, ganz besonders gern gebucht und in Deutschland sind CLARISSA und CHANTAL und MICHELLE und

ANGEL und ROMANOVA und LUISE und PAULA die Renner und in Russland wiederum GRETCHEN und GERTRUDE und BMW und DOLLY und LYDIA und JANE und CAROL und in Japan werden sie einfach nur nummeriert und wenn ein Mann kommt, sagt er achtzehn oder zweiundzwanzig und er bekommt, was er will. Und viele Europäer oder Amerikaner, die zum ersten Mal in Japan sind, kennen sich mit Zahlen nicht so gut aus und sie wissen gar nichts – und zweiundzwanzig bedeutet, dass der Mann eine Frau wünscht, die Analsex mag, und achtzehn bedeutet, dass die Frau auf der Zunge ein Piercing hat und besonders gut bläst und so weiter. Und einmal kam ein Europäer in ein japanisches Freudenhaus und er dachte, es sei ein exotisches Restaurant, und als die Karte kam, sah er viele Nummern und dachte an Menüs und so weiter und wollte sich nicht blamieren und bestellte die Sieben. Und er wurde in einen Raum geführt, in dem ein kleiner Tisch stand, und er musste sich setzen und warten und dann kam eine Frau, die vor ihm auf dem Tisch herumhopste und lauthals singend auf ihn urinierte. Und viele Frauen in Japan rasieren nicht ihre Scham und haben ganz kleine Füße und in Virginia wiederum haben die Frauen große Füße und ihre Scham ist fast immer glatt rasiert. Und in Japan lassen sie gern die Puppen tanzen und in Russland auch und in Deutschland und Frankreich und Spanien sowieso und in Amerika weniger, dort ist es Frauen sogar verboten, auf der Bar zu tanzen und Shorts zu tragen und auf Pferden zu reiten, und die Reiterstellung gilt generell als große Sünde.

Und in Minnesota müssen Frauen für dreißig Tage ins Gefängnis, wenn sie öffentlich als Weihnachtsmann auftreten, da kann das Kostüm noch so überzeugend sein. Und einmal wollte eine allein erziehende Mutter ihrer kleinen

Tochter eine Freude machen und sie schlüpfte in ein Kostüm vom Weihnachtsmann und mietete im nahe gelegenen Tierpark sogar ein Rentier und ein paar Nachbarn sahen sie und die riefen dann die Polizei. Und in Seattle (Washington) werden Frauen verhaftet und für sechs Monate eingesperrt, wenn sie in einem Zug oder Bus auf dem Schoß eines Mannes sitzen, ohne zuvor ein Kissen zwischen sich und den Mann geschoben zu haben. Und einmal fuhr eine Frau mit ihrem Mann im Bus und es war kein Platz und sie setzte sich auf seinen Schoß, weil ihre Beine so schmerzten und der Busfahrer rief die Polizei und die Frau wurde eingesperrt und drei Monate später starb sie im Gefängnis – an einer Fischvergiftung. Und eine andere Frau fuhr mit ihrem Mann im Zug und da nur ein Platz frei war, setzte sich die Frau hin und der Mann hüpfte auf ihren Schoß – und das störte niemanden. Und auf der kleinen britischen Kanalinsel Sark war es lange Zeit verboten, Grundbesitz an Töchter zu vererben, denn nur Söhne waren erbberechtigt und wenn es keine gab, fiel der Besitz dem Empire zu. Und dieses Gesetz wurde im Jahr neunzehnhundertundneunundneunzig von der Regierung aufgehoben, um einer Klage des Europäischen Gerichtshofs zuvorzukommen – das prinzipielle Verbot der Ehescheidung auf Sark blieb hingegen weiterhin bestehen. Und viele Frauen protestierten dagegen und man einigte sich darauf, dass eine Scheidung schon möglich sei, wenn einer der Ehepartner die Insel für ein Jahr verlasse – das sei unter normalen Umständen ja fast wie eine Scheidung. Und dafür wird den Ehemännern durch die Verfassung garantiert, ihre Frauen mit einem Stock schlagen zu dürfen, wenn der Stock nicht dicker als ein Finger ist und kein Blut spritzt. Und in London ist es illegal, Ehefrauen nach einundzwanzig Uhr zu schlagen, denn es mache Lärm und Unmut und die Nachbarn beschwerten sich. Und einmal schlug ein Mann seine Frau bewusstlos und die Rettung kam zu später Stunde und das ganze Haus wurde wach und niemand hatte Verständnis dafür. Und einmal ging eine Frau in einer amerikanischen Kleinstadt spazieren und sie dachte gerade an ihren Freund und war guter Dinge und dann blieb sie mit ihren Absätzen in einem Gully hängen und stürzte schwer und schürfte sich ihre linke Hand auf und die Nase und ihre Verabredung war auch gelaufen. Und die Frau wurde sehr böse und klagte gegen die Gemeinde und sie bekam viel Geld zugesprochen und lebt jetzt in Hollywood. Und am nächsten Tag verabschiedete die Gemeinde ein Gesetz, das allen Frauen verbietet, Schuhe mit hohen Absätzen zu tragen.

Und in Litauen sind Frauen gesetzlich verpflichtet, sich vor der Führerscheinprüfung gynäkologisch untersuchen zu lassen, und als ein Beamter einmal gefragt wurde, warum das so sei, antwortete er, es diene der Vorsorge und Hygiene und so weiter. Und viele Frauen protestierten und konnten das gar nicht fassen und litauische Mediziner erklärten, gewisse Frauenbeschwerden könnten zu plötzlichen Ohnmachtsanfällen führen und genau das beeinträchtige möglicherweise die Verkehrssicherheit. Und in Indonesien müssen sich Frauen, die in die Armee eintreten wollen, einem Jungfräulichkeitstest unterziehen und sie müssen sich ausziehen und die Beine spreizen und einige Offiziere untersuchen ihr Geschlecht und manchmal stecken sie auch den Finger in die Scheide und lachen. Und auf der südpazifischen Insel Paama Island ist es Frauen verboten, Hosen zu tragen, und das Gesetz solle lediglich verhindern, dass traditionelle Werte durch westliche Einflüsse erodiert werden. Und in

Arizona wiederum ist es Frauen verboten, Unterhosen zu tragen, und sie können Jeans anziehen oder Röcke, wenn sie ausgehen, das ist ganz egal, aber viele Frauen bleiben manchmal lieber zu Hause, um ihre Garderobe nicht zu verschmutzen, mit Blut und so weiter – ihre Männer verstehen das. Und in Großbritannien ist es Frauen verboten, in öffentlichen Verkehrsmitteln Schokolade zu essen, und Männer dürfen so viel Schokolade essen, wie sie wollen. Und in Vermont dürfen Frauen ohne schriftliche Erlaubnis ihrer Männer kein künstliches Gebiss tragen, aber sie können ganz allein ihren Busen vergrößern und die Lippen aufspritzen lassen und so weiter. Und einmal ließ eine Frau ihre Lippen aufspritzen und sie wollte ihrem Mann gefallen und als sie nach Hause kam, gefiel es dem Mann nicht so und er wurde wütend und schlug ihr alle Zähne aus. Und später verbot er ihr, einen Zahnarzt aufzusuchen, nur so aus Bosheit und Spaß. Und die Frau weinte und wollte sich scheiden lassen und der Mann erschoss sie und behauptete, es sei Notwehr gewesen, sie hätte ihn mit einem Küchenmesser bedroht und sein Leben sei die reine Hölle gewesen – und man glaubte ihm.

Und in Oregon verstößt es gegen das Gesetz, wenn ein Mann einer Frau während des Geschlechtsverkehrs obszöne Worte zuflüstert und er darf auch nicht fluchen und so weiter und viele Männer bekommen deshalb gar keinen Orgasmus und sind grob und frustriert und vielen Frauen wäre das egal, sie hätten lieber guten Sex und würden sogar mitfluchen und später beichten gehen. Und in Minnesota darf kein Mann mit einer Frau schlafen, wenn er nach Knoblauch oder Zwiebeln oder Sardinen oder Kapern und so weiter riecht und wenn die Frau große Lust hat, kann sie ihn zwingen, gründlich die Zähne zu putzen. Und nach dem Beischlaf ist es dem Mann verboten, mehr als drei Schluck Bier zu trinken, wenn er die Frau im Arm hält oder neben ihr im Bett liegt, und viele Männer ziehen sich sofort an und gehen nach draußen eine rauchen und rufen einen Freund an und gehen in eine nahe Bar und trinken Bier und reden über ihre Abenteuer. Und in Utah ist es einer Frau verboten, Sex mit einem Mann zu haben – im Krankenwagen und Zollhäuschen und Wohnmobil und Fahrstuhl und so weiter, und wenn sie auf frischer Tat ertappt wird, kann sie eines Sexualverbrechens angeklagt werden. Und in diesem Fall wird der Tathergang vor ihrem Haus laut verlesen und sie darf auch nie wieder in die Kirche gehen – der Mann wiederum kann nichts dafür, ihn trifft ja keine Schuld. Und manchmal fahren ihn sogar Polizisten nach Hause und sagen GUT GEMACHT, HENGST und HAST DU ES DER ABER BESORGT und so weiter. Und in South Dakota gibt es in jedem Hotelzimmer zwei Betten und diese dürfen maximal siebzig Zentimeter breit und müssen eineinhalb Meter voneinander entfernt sein und wenn ein Paar den Raum für eine Nacht mietet, wird die Entfernung mit eigens dafür installierten Kameras und Sensoren überwacht. Und es ist ausdrücklich verboten, am Boden Sex zu haben – aus Respekt vor dem menschlichen Leben und aus hygienischen Gründen und so weiter. Und in Arkansas kann sogar das Flirten eine dreißigtägige Haftstrafe zur Folge haben und einmal fuhr ein Streifenwagen durch eine kleine Stadt und die Polizisten sahen einen Mann, der sich angeregt mit einer Frau unterhielt, und sie näherten sich unauffällig und hörten, wie der Mann sagte GRÜN STEHT DIR GUT und HAST DU ABER EINEN SCHÖNEN MUND und so weiter und sie griffen sich den Mann und steckten ihn ins Gefängnis und die Frau protestierte und sagte, sie seien verheiratet und nur auf der Durchreise, und die Polizisten lachten und sagten, kein Mann, der mit einer Frau verheiratet sei, sage solche Sachen, und sie sperrten die Frau auch für zehn Tage ein – wegen Beihilfe. Und in Illinois ist es verboten, mit einer Frau zu schlafen, wenn man sich auf einem Jagd- oder Angelausflug befindet und viele Jäger und Angler fahren viel lieber mit ihren Freunden in den Wald und zum See und sie trinken dort Bier und ihre Frauen bleiben zu Hause und warten und wenn eine Frau doch mitkommen will, sagt der Mann HONEY, DU WIRST DICH LANGWEILEN und LIEBES, DAS IST NICHTS FÜR DICH und DORT BIST DU ZU NICHTS NÜTZE, ALTE und so weiter.

Und in Nebraska ist jeder Hotelbesitzer dazu verpflichtet, dem Gast ein sauberes und geplättetes Nachthemd zur Verfügung zu stellen, und keinem Paar ist es gestattet, nackt miteinander zu verkehren, und Sex wird eben erst dadurch legal, dass man sich eines dieser sauberen Baumwollhemden anzieht und vorher ein kurzes Gebet spricht. Und in Washington ist es verboten, mit einer Jungfrau Sex zu haben, und nur die Missionarsstellung ist erlaubt und viele Frauen fahren deshalb in benachbarte Bundesstaaten, um sich zum ersten Mal zu vergnügen, und sie leben dort Monate und Jahre oder machen Urlaub und gehen in Diskotheken und haben Geschlechtsverkehr von hinten oder von der Seite oder so ähnlich und später kehren sie nach Washington zurück und sind glücklich und zufrieden. Und in Washington kommt es schon mal vor, dass ein Mann mit einer Frau ausgeht, die noch Jungfrau ist, und das ist ein großes Problem und ein Verstoß gegen das Gesetz und politische Karrieren stehen auf dem Spiel und die Männer stecken den Frauen große Dildos in die Vagina und behaupten dann, die Frau sei keine Jungfrau mehr gewesen und sie hätten das bestimmt gemerkt und alles sei legal und ordentlich. Und in Michigan existiert ein Gesetz, welches es Bauern erlaubt, mit ihren Schweinen und Kühen und Pferden und Ziegen und Hühnern Geschlechtsverkehr zu haben, und Rechtswissenschaftler behaupten, das Gesetz stamme noch aus einer Zeit, als es für Bauern schwer gewesen sei, eine Frau zu finden, und später, als die meisten Bauern eine Frau gehabt hätten, sei das Gesetz bestehen geblieben, um bei den Bauern für etwas Abwechslung zu sorgen. Und einmal hatte ein Mann Sex mit einer jungen Kuh und er sagte später, eine Kuh hätte immer Lust und gebe auch viel mehr Milch als seine Frau. Und in Texas ist es verboten, einander in die Augen zu schauen oder auf Handsignale zu reagieren oder zu flirten oder so ähnlich, wenn man einander nicht kennt und sich in keiner Form nahe steht. Und einmal stand ein Mann am Straßenrand und eine Frau ging vorbei und der Mann wollte die Frau ansprechen und sich ein Date ausmachen und als er ihr nachpfiff, wurde er von einem Polizisten angeschossen, der später behauptete, es hätte ausgesehen, als würde der Mann eine Waffe ziehen und die Frau belästigen, und in Texas geht man auf Nummer sicher. Und ein Gesetz verbietet allen Texanern, am Wahltag mit einem Schwert bewaffnet im Wahllokal zu erscheinen, und bei Schusswaffen ist man toleranter, die darf man überallhin mitnehmen, wenn die Waffe gesichert und auch sonst ordentlich in Schuss ist. Und viele Texaner sind der Meinung, man könne mit einem Schießeisen viele Frauen beeindrucken, und sie achten auf lange Läufe und dicke Kaliber und glänzende Oberflächen und so weiter.

Und in Florida ist es verboten, öffentliche Mülleimer sexuell zu belästigen und die Brüste seiner Frau zu küssen und die Vagina zu streicheln und ähnliche Schweinereien, und ein Bürgermeister sagte einmal, wenn man dieses Gesetz doch schon früher zur Hand gehabt hätte, es gäbe etliche Obszönitäten weniger. Und ein altes tasmanisches Gesetz verlangte einst von Witwen, den abgeschnittenen Penis ihres Mannes als Kette um den Hals zu tragen, und der Penis verfaulte mit der Zeit und wurde unansehnlich und schlaff und viele Frauen wollten gar nicht heiraten, wenn sie bloß daran dachten. Und in North Carolina wiederum gilt jede Art von Berührung am Penis als Sünde und es ist untersagt, ihn in die Hand zu nehmen oder zu betrachten oder so ähnlich – es sei denn, es dient der Ausscheidung. Und in Bhutan darf ein Mann erst dann seinen Penis in eine Frau stecken, wenn sein älterer Bruder verheiratet ist und ein Kind gezeugt hat und wenn er keinen Bruder hat, ist alles viel einfacher. Und viele Brüder verstehen sich nicht so gut und liegen einander in den Haaren und die Väter haben viel zu tun, sie mahnen und motivieren und ermuntern und die älteren Brüder behaupten, sie stünden unter enormen Druck, und die Jüngeren behaupten das auch und ganze Familien kommen einfach auf keinen grünen Zweig.

Und ein Gesetz im alten Sparta besagte, dass jeder Mann über dreißig sein Wahlrecht verlöre und nicht mehr an Nacktpartys teilnehmen dürfe, wenn er noch frei wie ein Vogel und gar nicht unter der Haube sei. Und viele Männer erkannten die Zeichen der Zeit und suchten sich eine Frau und heirateten und wurden noch richtige Salonlöwen und Partytiger. Und in Uruguay hat ein Ehemann ganz viele Rechte und wenn er seine Frau mit einem Liebhaber erwischt, steht es ihm frei, beide zu töten, oder er kann vorher den Liebhaber kastrieren und der Frau die

Nase abschneiden und so weiter. Und in Utah müssen zwei Tanzende so viel Platz zwischen sich lassen, dass man das Tageslicht sehen kann und viele Paare beschweren sich, weil man tagsüber selten tanzt und sie fordern eine Gesetzesnovelle. Und eines Tages kam es zum Prozess und die Richter berieten sich und diskutierten und lasen nach und kamen zu dem Schluss, dass man nächtens solche Gesetze gar nicht richtig überwachen könne, weil man wenig sehe und das Licht so diffus sei und so weiter, und alles blieb beim Alten. Und in Florida ist es verboten, nackt zu duschen, da dies Moral und Ordnung untergrabe und die Menschen duschen dort in Badehosen und Bikini und sind schon morgens gut gelaunt, weil sie das Gefühl haben, zum Strand zu gehen – und nicht auf die Arbeit. Und wenn sich in North Carolina ein Mann und eine Frau in einem Hotel als Ehepaar ausgeben, dann sind sie nach einem Gesetz des Staates mit sofortiger Wirkung legal verheiratet und müssen sich lieben und ehren, bis dass der Tod sie scheidet. Und allen Unverheirateten ist der Geschlechtsverkehr vor der Ehe strengstens untersagt und man darf auch keine gemeinsame Wohnung haben und sich nicht in Parkanlagen treffen oder so ähnlich und im Jahr zweitausendundeins wurde ein Mann verurteilt, der zugab, bei seiner Freundin zu leben und zu schlafen, und da er unter Eid stand, gab er auch zu, Geschlechtsverkehr gehabt zu haben, und seine Freundin errötete und meinte, sie habe das alles nicht gewollt und schäme sich so. Und in Massachusetts wiederum schreibt das Gesetz den Frauen vor, beim Sex unten zu liegen und keine verbotenen Praktiken anzuregen, und wenn sich ein Mann sehr bedrängt fühlt, steht es ihm frei, einen Prediger holen zu lassen, der mit der Frau spricht und ihr Gottes Plan noch einmal erläutert. Und in Wisconsin ist es illegal, einen Schuss aus einem Gewehr abzufeuern, während die Frau einen Orgasmus hat und viele Männer halten sich nicht daran und schießen gern in der Nacht herum, aus dem Fenster oder von der Veranda oder so ähnlich, um morgens bei ihren Freunden gut dazustehen. Und in New Mexico ist es Liebespaaren erlaubt, während Mittagspausen Sex in einem geparkten Wagen zu haben, auf Firmenparkplätzen oder Flughäfen oder in Kaufhausgaragen oder bei McDonald's und so weiter, solange sie Vorhänge anbringen und sich den Umständen entsprechend leise verhalten. Und einmal wollte ein Reporter wissen, warum man um Gottes willen so liberal verfahre und ob das nicht allen redlichen Menschen ein Dorn im Auge sei, und man sagte ihm, Studien hätten bewiesen, dass die Menschen später am Arbeitsplatz produktiver seien und entspannter und lockerer und es herrsche Eintracht und Friede und alle machten gern Überstunden und hielten sich an die Verkehrsregeln. Und in Georgia brachte einmal ein Abgeordneter den Gesetzesentwurf ein, in allen Hotels des Landes deutlich sichtbare Schilder mit der Warnung GESCHLECHTSVERKEHR, EHEBRUCH UND SODOMIE VERBOTEN (in Normal- und Blindenschrift) anbringen zu lassen, und sicherheitshalber sollte die Beschilderung international unverkennbare Symbole tragen, aber man konnte sich nicht darauf einigen, welche Symbole man wählen sollte, und viele Abgeordnete meinten, eine Darstellung käme der Pornografie gleich, wo man doch genau die bekämpfen wolle. Und in Wisconsin dürfen Kondome nur unterhalb der Ladentheke verkauft werden, da sie als anstößig und gefährlich gelten und es kauft auch kaum jemand welche und die jungen Leute bestellen sie im Internet und haben einen Heidenspaß. Und in Sambia wurde einmal ein deutscher Tourist zu sechs Jahren Haft verurteilt, weil er oralen Sex mit einer Sambierin hatte und er sagte vor Gericht, er hätte nicht gewusst, dass es ein solches Gesetz gebe und es tue ihm sehr Leid und so weiter, und der Richter meinte, er könne keine Entschuldigung akzeptieren und Unwissenheit schütze vor Strafe nicht und der Mund einer Frau gelte als unrein und es sei alles doch im Grunde zu seinem eigenen Schutz. Und im Jahr neunzehnhundertundachtundneunzig wurde in Alabama ein Gesetz verabschiedet, wonach der Verkauf von Sexspielzeugen verboten sein sollte, und viele Frauen und Männer beschwerten sich, das könne man nicht machen und man lebe doch nicht in der Steinzeit oder im Mittelalter und Amerika sei ein Land der freien Meinung und individuellen Entfaltung und so weiter, und man organisierte sich und leistete sich teure Anwälte und im Jahr zweitausendundzwei wurde das Gesetz dann doch als verfassungswidrig eingestuft und aufgehoben. Und viele andere in Alabama waren mit dieser Entscheidung unzufrieden und sie nahmen sich ihrerseits teure Anwälte und fochten das Urteil an und legten Berufung ein und so weiter und wie es jetzt weitergehen soll, weiß niemand. Und in Arizona wiederum ist man stolz auf seine liberale Haltung und der Besitz von Dildos ist erlaubt und wird sogar empfohlen. Und in Texas ist der Besitz realistisch aussehender Dildos verboten, weil diese obszön wirkten und bei Männern Minderwertigkeitskomplexe hervorriefen – und folglich gibt es Dildos, die wie Bananen oder Schlangen oder Bohrtürme oder so aussehen. Und in Florida ist es verboten, mit einem Stachelschwein sexuell zu verkehren, und in Kalifornien dürfen Männer mit Bart keine Frau ohne Bart küssen und in Iowa wiederum darf sich jeder küssen, aber nicht länger als fünf Minuten, dafür ist es egal, wie viele Haare man hat und wo.

Und in Colorado ist es verboten, eine Frau zu küssen, während sie schläft, da die Frau aufwachen und den Mann versehentlich erschießen könnte, wie einen Einbrecher oder Vergewaltiger. Und eine Verordnung in Riverside im Bundesstaat Kalifornien sagt aus, dass sich zwei Personen erst dann küssen dürfen, wenn ihre Lippen vor Zeugen mit karbolsaurem Rosenwasser abgewischt wurden. Und in ganz Amerika ist das Küssen in Zügen verboten und auf Bahnübergängen und Brücken und vor Kirchen und kirchlichen Einrichtungen – zur Sicherheit aller. Und in Österreich darf man sich küssen, so lange man will und sogar in Kirchen und Klöstern und Priesterseminaren und so weiter küssen sich Leute, die sich einfach gern haben. Und in Niederösterreich gibt es ein Gesetz über DIE STRAFBARKEIT DER ANKÜNDIGUNG UND AUSFÜHRUNG EINES DARMWINDES und einmal hatte ein Radaubruder öffentliches Ärgernis erregt und die Ordnung gestört und Passanten belästigt und die Polizei kam und brachte ihn aufs Revier und der Mann wurde wütend und schrie JETZT LASSE ICH EINEN SCHAASS und ließ diesen dann hörbar entweichen und es stank und die Beamten meinten, das Maß sei ein für alle Mal voll – wofür gebe es schließlich Gesetze.

Und in Nebraska werden Eltern verhaftet, wenn ihr Kind während eines Gottesdienstes rülpst und wenn sie aus der Haft entlassen werden, gibt es Tritte und Schläge und Schelte für den Nachwuchs. Und in Minnesota ist es Kindern unter zwölf Jahren verboten zu telefonieren, wenn nicht mindestens ein Elternteil neben ihnen steht und sie dürfen keine Steine werfen oder laut schreien – selbst in der freien Natur. Und in Kalifornien gibt es ein Gesetz, das Kindern erlaubt, über Pfützen zu springen, und wenn die Eltern etwas dagegen haben, können die ganz schöne

Probleme bekommen, denn die meisten Kinder schauen viel fern und kennen Anwälte und ihre Methoden und wissen sehr genau um ihre Rechte. Und wenn die Kinder wiederum in eine Pfütze springen und die Uniform eines Polizisten beflecken, so wird die ganze Familie verhaftet und über Nacht in einen Zwinger gesperrt – mit einem Dobermann. Und in West Virginia dürfen Kinder, die nach Zwiebeln riechen, nicht in die Schule und es gibt kaum noch Farmer, die Zwiebeln anbauen, um ihren Kindern etwas Schulbildung zu ermöglichen, und Zwiebeln werden importiert und sind teurer als anderswo in Amerika und Knoblauch zum Beispiel stört dort niemanden. Und im Jahr neunzehnhundertundneunundneunzig wurde in Louisiana ein Gesetz verabschiedet, wonach Schüler bis zur fünften Klasse ganz besonders höflich zu ihren Lehrern sein müssen und die Schüler sagen SIR oder MADAM und egal, was man von ihnen will, sie antworten stets mit YES SIR MISTER TEACHER und Jugendliche aus Louisiana sind in der Army ganz besonders beliebt. Und in Liverpool ist es verboten, eine weibliche Schaufensterpuppe im Schaufenster zu entkleiden, da Kinder Zeugen dieses Schauspiels werden könnten und es ist Kindern untersagt, unter die Kleidung einer Schaufensterpuppe zu lugen, und tun sie es trotzdem, werden ihre Eltern bestraft. Und in Großbritannien ist es Jungen unter zehn Jahren generell verboten, nackte Schaufensterpuppen zu betrachten, und Mädchen wiederum dürfen das schon. Und in Florida dürfen Kinder und Jugendliche ohne schriftliche Erlaubnis ihrer Eltern nicht HARRY POTTER in der Schulbibliothek entleihen und das sei deshalb, weil sich besorgte christliche Eltern beschwert hätten und Einwände gegen das Buch erhoben, da dort magische Rituale und so weiter beschrieben würden und

Magie bringe dem Menschen nichts Gutes und Gott sehe alles und er werde schnell zornig. Und seit einigen Jahren tagt in Florida ein Ausschuss, der darüber entscheiden soll, ob die Bücher künftig gänzlich aus den Regalen entfernt werden müssen und ob man nicht überhaupt alle Bücher verbieten solle – mit Ausnahme der Bibel. Und in Virginia dürfen Kinder, die älter als drei sind, nicht im Bett ihrer Eltern schlafen und Kinder, die älter als fünf sind, dürfen nicht mehr im selben Zimmer wie ihre Eltern schlafen und Kinder, die über zehn Jahre alt sind, werden regelmäßig von der Polizei besucht und befragt und die Polizisten fragen WIE GEHT ES DIR und SIEHT DICH PAPPA KOMISCH AN und KOMMT DIE MAMMA OFT INS BAD und so weiter und schon kleinste Verstöße werden mit fünf Jahren Haft geahndet und es gibt immer weniger Kinder in Virginia.

Und in Kanada ist es verboten, Papageien Sätze beizubringen wie VERPISS DICH und DARF ICH DICH VÖGELN und NACKTSCHNECKEN FOREVER und so weiter, und in ganz Amerika dürfen Meerschweinchen nicht rasiert werden, weil sie dann wie Pimmel aussehen und in Bulgarien dürfen keine Schildkröten gehalten werden, da diese Tiere Unglück bringen und in Rumänien müssen alle Hundehalter, die mehr als einen Hund besitzen, einen Gewerbeschein beantragen. Und in Nordkorea wiederum ist es gesetzlich verboten, Brieftauben zu kaufen, und einmal hatte ein Koreaner das Gesetz missachtet und er kaufte Tauben über das Internet und züchtete und fütterte sie und die Tauben vermehrten sich prächtig und die Polizei kam und der Mann galt als Staatsfeind und wurde zum Tode verurteilt. Und einige internationale Organisationen erfuhren davon und sie protestierten, aber der Regierung dort war das ganz egal und es hieß, der Mann hätte geheime Informationen verraten und diese mittels Brieftauben verschickt, und eine der Tauben soll sogar von Korea bis zum Pentagon geflogen sein. Und in Argentinien werden Kühe, bevor sie geschlachtet werden, noch einmal gewaschen und getätschelt und manche von ihnen bekommen ein Stück Schokolade oder einen Apfel und in Buenos Aires gibt es sogar ein Schlachthaus, wo sie den ganzen Tag Musik spielen für die Kühe, damit die etwas ausspannen können. Und sie hören dort ROCK AROUND THE CLOCK und IT'S ONLY LOVE und DON'T CRY FOR ME ARGENTINA und so weiter und das argentinische Steak ist angeblich das beste der Welt. Und in Kalifornien wurde einmal ein Gesetz erlassen, wonach in Tierheimen künftig Gefängnisverordnungen gelten und Hunde und Katzen und Mäuse, die auffällig sind und ihre eigene Resozialisierung behindern, eingeschläfert werden dürfen.

Und in Colorado gibt es ein Gesetz, wonach jede frei laufende Katze einen Rückstrahler tragen muss – und manchen Jägern kam das gerade recht. Und einmal schoss ein Jäger im Wald auf eine Katze und er traf mitten ins Ziel und der Rückstrahler barst und die Katze fiel wie ein Sack zu Boden – und später stellte sich heraus, dass der Mann einen Radfahrer erschossen hatte, aber er wurde trotzdem freigesprochen. Und in New Jersey wiederum müssen alle Katzen drei Glocken tragen, um den Vögeln ihr Kommen anzukündigen – und die Vögel zwitschern fröhlich umher und fliegen neuerdings gar nicht mehr in den Süden. Und Seattle hat eine Verordnung erlassen, die besagt, dass Goldfische in Gläsern nur dann in Bussen transportiert werden dürfen, wenn sie sich nicht bewegen und die Fische halten sich da nur selten daran. Und einmal fuhr ein Mann mit seinem Goldfisch im Bus und der Busfahrer sah im Rückspiegel dem Fisch zu, wie der seine Runden drehte, und ihm wurde schwindlig und der Bus kollidierte mit einem Lastwagen und der Fahrer starb und der Mann auch und der Goldfisch überlebte wie durch ein Wunder. Und in Kalifornien dürfen sich Tiere jeden Alters nur paaren, wenn sie mehr als eintausendfünfhundert Fuß von der nächsten Kneipe oder Schule oder Kirche oder so ähnlich entfernt sind und das gilt besonders für die Tiere, die sichtbare Geschlechtsteile bei sich tragen. Und in Connecticut verstößt es gegen das Gesetz, seinen Hund zu erziehen, und die Hunde dort leben ganz ungezwungen und haben oft nicht mal Namen, weil man sie ohnehin nie ruft – die Hunde kämen ja sowieso nicht. Und in Kansas dürfen Hasen von einem Motorboot aus nicht geschossen werden und auf dem Flughafengelände von Bourbon (Mississippi) dürfen keine Schildkrötenrennen abgehalten werden und Schildkrötensuppe essen, das darf man schon. Und in Illinois wiederum darf niemand ungestraft Grimassen schneiden und einmal kam ein Mann aus einer Bar und die Nacht war noch jung und er hatte viel getrunken und war seiner nicht mehr ganz sicher und ein Auto fuhr vorbei und der Mann schnitt Grimassen und war affig und das Auto blieb stehen und es stellte sich heraus, dass der Fahrer Polizeibeamter war und gerade Streit mit seiner Frau hatte – und aus dem Radio trällerte I SHOT THE SHERIFF BUT I DIDN'T SHOOT THE DEPUTY. Und in Kalifornien gibt es eine Verordnung, die Hähnen untersagt, innerhalb der Stadtgrenzen zu krähen, und ein paar Hähne wollten davon nichts wissen und sie krähten um die Wette und endeten als CHICKEN WINGS und SPICY CHICKEN und sie wurden mit Vorliebe von unverheirateten und weißen Männern gegessen, die JIM oder JACK hießen, und davon gibt es in Kalifornien eine ganze Menge. Und in Cleveland ist es verboten, Mäuse ohne eine gültige Jagderlaubnis zu erlegen, und die wenigsten halten sich daran und stellen Fallen auf und schießen mit kleinkalibrigen Gewehren in den Boden, wo sie eine Maus vermuten und einmal schoss sich einer versehentlich in seinen Fuß, weil er ihn für einen Nager hielt. Und in Kalifornien dürfen Mausefallen nur von Personen mit gültiger Jagderlaubnis aufgestellt werden und das liegt daran, dass viele Amerikaner gar nicht wissen, wie man so eine Falle aufstellt, und es kam zu vielen Unfällen und Krankenhausaufenthalten und Klagen gegen die Hersteller und die gaben zu Protokoll, das Ganze sei doch idiotensicher und kinderleicht, aber die Krankenhausstatistiken behaupten das Gegenteil und einmal wurde sogar ein Mann eingeliefert, der seinen Penis in einer Mausefalle eingeklemmt hatte, und er wusste selbst nicht so recht, wie das passiert war. Und in einer Stadt namens Belvedere im Bundesstaat Kalifornien bekamen alle Hundehalter einen Brief von der Stadtverwaltung, in der sie ausdrücklich darauf hingewiesen wurden, diesen Brief aufmerksam zu lesen und der neuen Verordnung künftig Folge zu leisten – und dort stand NO DOG SHALL BE IN PUBLIC PLACE WITHOUT ITS MASTER ON A LEASH. Und allen Hunden in Massachusetts wiederum müssen im April die Hinterbeine zusammengebunden werden und im Mai müssen alle Frauen einen Rock tragen und im Juni dürfen Obstbäume nicht beklettert werden und im Juli und August haben Männer das Recht auf einen Herrenabend, wo sie einander Witze erzählen und gemeinsam trinken und beten. Und im Jahr neunzehnhundertundvierundzwanzig wurde in Illinois ein Affe vor Gericht gestellt, weil er in aller Öffentlichkeit eine Zigarette geraucht hatte und das Rauchen galt damals als ungehobelt und gesundheitsschädlich und der Affe wurde zu einer Geldstrafe von fünfundzwanzig Dollar verurteilt. Und in Arizona muss man einmal im Jahr ein Kamel erlegen und eigentlich gab es nie Kamele in Arizona, aber eines Tages kam die Army und experimentierte mit Tieren und Kamele schienen ganz besonders gut geeignet, schwere Lasten zu tragen und unauffällig zu wirken. Und die Strategen hatten vor, sie mit Bomben und Lenkwaffen auszurüsten, um diese im Nahen Osten und in Arabien und Afghanistan und so weiter einsetzen zu können, und die Kamele sollten durch Wüsten pirschen und bestimmte Ziele anpeilen und später durch gezielte Fernzündungen gesprengt werden, um möglichst viele Extremisten und Fundamentale und Terroristen in den Tod zu reißen. Und dann kam einer daher und erfand unbemannte Flugzeuge und irgendwie war das eleganter und überzeugender und weitaus effektiver und die Kamele wurden in einer Nacht- und Nebelaktion in Arizona ausgewildert und gelten seitdem als äußerst aggressiv.

Und in der Schweiz wurde im Jahr zweitausendundeins ein Gesetz aufgehoben, wonach alle Bewohner des Dorfes Finsterhennen verpflichtet waren, Maikäfer zu jagen und zu töten, und sie mussten ein Buch darüber führen und wer die Quoten verfehlte, galt als sozial minderwertig und wurde gemieden. Und früher fingen die Leute sogar Kröten und leckten an ihnen und stöhnten und riefen IST DAS GUT und GOTT MACH, DASS ES NIE WIEDER AUFHÖRT und so weiter und ein Wissenschaftler erklärte im Fernsehen, dass Kröten einen Stoff absonderten, der ähnlich wirke wie Heroin und Kokain zusammen, aber bald gab es keine Kröten mehr und das Problem löste sich von allein. Und in Bolivien verbot man, Faultiere und Elefanten als Haustiere zu halten, da die Behörden dort meinten, man würde sich ein schlechtes Beispiel nehmen – die Tiere seien faul und gefräßig und das könne sich auf die Persönlichkeit des Einzelnen auswirken und letztendlich der Gesellschaft schaden. Und das russische Parlament verabschiedete im Jahre zweitausend ein Gesetz, welches verbietet, Haustiere zu essen, und Bolivien wiederum ermunterte seine Bürger, Faultiere und Elefanten zu essen – es sei die billigste und einfachste Methode, diese Tiere wieder loszuwerden.

Und in Tansania gab es einmal einen großen See und viele Fische und Fliegen und sonst tat sich nicht viel und dann kam die Globalisierung und viele Menschen wollten plötzlich Geld verdienen und einer hatte die Idee, Barsche im See auszusetzen, und bald gab es sie in Hülle und Fülle, denn sie fraßen alles andere auf und waren robust und leicht zu fangen und sie entwickelten sich zu einem lukrativen Exportschlager. Und viele ausländische Flugzeuge und Firmen kamen, um den Fisch zu verarbeiten und außer Landes zu fliegen, und sie versorgten die ganze Welt mit Fisch und machten hohe Profite und ihre Mitarbeiter und Piloten lebten in kleinen Städten rund um den See und es gab viele Prostituierte und Straßenkinder und eine hohe Kriminalität und Umweltschützer sprachen von ökonomischer Ausbeutung und sozialer Verwahrlosung und später stellte sich heraus, dass Tansania den Fisch gegen Waffen verkaufte, um so für mehr Sicherheit und Gerechtigkeit sorgen zu können.

Und auf der ganzen Welt leben Tiere und sie werden geboren und sterben wieder und einige von ihnen sind Wildtiere und andere wiederum Haus- und Nutztiere und manche gelten lediglich als Ballaststoff oder Emulgator oder etwas in der Art und viele dienen der Forschung und Gesundheit. Und einmal haben Russen einen Hund in den Weltraum geschossen, um zu sehen, wie sich das auf einen

Organismus auswirkt, und der Hund kam gesund zurück und russische Wissenschaftler schlossen daraus, dass der Aufenthalt von Menschen im Weltraum grundsätzlich möglich sei. Und Amerikaner wiederum schossen einen Affen nach oben und der bediente sogar einige Knöpfe im Cockpit und landete sicher in Nevada und amerikanische Wissenschaftler schlossen daraus, dass sich Affen ganz besonders gut für solche Versuchsreihen eignen und sie ließen sie in Afrika fangen und mit Schiffen nach Amerika bringen und dort wurden sie bei heiklen Aufgaben eingesetzt und testeten Triebwerke und Raumanzüge und andere physikalische Parameter. Und ein Filmemacher hörte davon und er ließ sich inspirieren und Jahre später drehte er einen Film und der hieß PLANET DER AFFEN und er ging davon aus, dass irgendwann nach dem Atomkrieg die Affen über die Erde herrschen und sich wie Menschen benehmen und die Menschen wiederum benehmen sich dann wie die Affen von heute und sie können nicht sprechen und sind vergleichsweise dumm. Und heute mögen viele Menschen andere Menschen nicht so gern, weil sie anders riechen und sind und ganz anders aussehen und sich nicht benehmen können und Dinge glauben, die zu glauben völliger Schwachsinn ist – und genauso sind auch die Affen in diesem Film. Und in Afrika arbeiten viele amerikanische und europäische Firmen und sie suchen nach Diamanten und Uran und Edelhölzern und so weiter und sie stellen Leute ein, die viel Buschfleisch essen – das mache stark und schlau. Und einmal haben ein paar Arbeiter eine Schimpansin gegrillt, als die noch lebte und sie sagten, das Fleisch schmecke dann weicher und mache satt und zufrieden, und die Schimpansin schrie noch zehn Minuten lang, bis sie so richtig durch war. Und einige Tierschützer erfuhren davon und schrieben einen Brief an die Firmenleitung und die wiederum schrieb zurück und meinte, der Affe sei bereits tot gewesen und selbstverständlich würde niemand ernsthaft daran denken, einen Schimpansen zu quälen – dafür lege man die Hand ins Feuer.

Und von Natur aus gibt es optimistische Tiere wie Katzen und Hunde und Pferde und so weiter und die führen ein recht beschauliches Leben und es gibt Tiere, die sind pessimistisch und die sehen gar nicht ein, warum die Dinge sind, wie sie sind, und sie gackern und krähen und mähen und muhen und es kommt, was kommen muss. Und einmal schrieb jemand ein Buch, in dem sich Tiere auf der ganzen Welt gegen den Menschen auflehnten, und die Menschheit stand auf verlorenem Posten und bevor sie noch wusste, was eigentlich passierte, war sie schon ausgestorben. Und viele Kritiker lobten das Buch und es galt als das Buch des Jahres und einer der Kritiker sagte, die Menschheit müsse froh sein, dass Tiere nicht lesen könnten und so gar keine Gelegenheit hätten, auf dumme Gedanken zu kommen. Und so mancher Regierungschef bekam das Buch zu Weihnachten oder zum Geburtstag geschenkt und er las es und es dämmerte ihm, dass Menschen auch nur Tiere seien und je weniger sie wüssten, desto besser sei es und lesen und schreiben erleichtere zwar den gesellschaftlichen Umgang, aber das Regieren würde dadurch nicht unbedingt einfacher. Und viele Präsidenten und Premiers und so weiter erfanden, um auf Nummer sicher zu gehen, noch mehr Gesetze, die nichts anderes besagten, als dass man getrost ihnen das Denken überlassen könne und das Volk habe ganz andere Aufgaben, und sie sagten, ein Volk müsse optimistisch und folgsam sein und sich vermehren und Steuern zahlen und arbeiten. Und ein Präsident sagte einmal in einem Interview, dass Menschen doch wie Ameisen seien und auf ein paar mehr oder weniger komme es wirklich nicht an und es gehe doch darum, Ziele zu haben und an diese zu glauben.

Und ganz besonders optimistisch sind Piloten, die sehen die Welt von oben und erkennen, wie klein alle unter ihnen sind, was sie wiederum größer macht und sie fühlen sich so groß wie Götter und sprechen von Lufthoheit und meinen, alles Gute komme von oben und so weiter. Und am optimistischsten sind Ärzte, die tragen einen weißen Mantel und wissen alles über Schwächen und Fehlfunktionen und sie können alles behandeln und heilen und wenn das manchmal nicht klappt, dann liegt das an der Pharmaindustrie und so weiter und sie sind sogar so optimistisch, dass jeder von ihnen etwas anderes behaupten darf und alle haben irgendwie Recht und als Patient kann man sich das dann aussuchen und befolgen – oder nicht. Und ein englischer Genforscher sagte einmal WENN DIE ARBEIT KEINEN SPASS MACHT, MUSS MAN ETWAS ANDERES TUN und er hatte offensichtlich großen Spaß an dem, was er tat, und im Jahr neunzehnhundertundsiebenundneunzig klonte er ein Schaf und nannte es DOLLY und als man ihn fragte, warum er gerade diesen Namen gewählt habe, sagte er etwas von Oberweite und Euter und Dolly Parton und schon im Jahr neunzehnhundertunddreiundsiebzig habe er gern gearbeitet und Tiere gemocht und ein Kalb zur Welt gebracht, das er als Embryo ein paar Jahre eingefroren und FROSTY getauft habe. Und das Klonen sei eine große Chance für die Zukunft und die Zukunft beginne jetzt und viele Menschen in Amerika und Asien und so weiter würden sich gern klonen lassen, aber noch funktioniere das nicht so, wie es alle gern hätten. Und im Jahre zweitausend gelang es japanischen

Wissenschaftlern, zum ersten Mal ein bereits geklontes Tier zu klonen, und alle freuten sich und tranken Champagner und aßen Hummer und so weiter und das Tier kam in den Stall, wo es zwei Monate auf wackligen Beinen stand und im dritten Monat fiel es um und war tot. Und einige Wissenschaftler fragten sich, ob es möglich sei, ein totes Tier zu klonen, und wie lange das dann wohl leben würde und sie fingen auch gleich mit ihren Versuchen an und der restliche Hummer verfaulte.

Und unterdessen ließen sich die Menschen Chips unter die Haut implantieren und die Hersteller versprachen, dass das ganze Leben dadurch einfacher würde und man hätte mehr Freizeit und weniger Stress und wäre immer auffindbar und jeder Arzt könne sofort alle Daten ablesen und so weiter. Und in Spanien und Holland und Russland und Singapur wurden sogar VIP-CHIPS entwickelt und diese gewährleisteten, dass man in besondere Clubs durfte und sich das Personal um einen kümmerte und alles wurde gleich vom Konto abgebucht und man brauchte keine lästigen Kreditkarten mehr und Scheckhefte und Bargeld und alle waren freundlich zu einem und grüßten schon von weitem. Und viele Fundamentalisten warnten vor dieser Technologie und sie sagten, das sei so in der Offenbarung beschrieben und ein ZEICHEN DES TIERES und das Ende nahe, und sie verbarrikadierten sich zu Hause und riefen Halleluja und Jesaja und Masseltov.

Und einmal dachte sich ein Mann, der Himmel befinde sich in Wahrheit zwischen zwei irdischen Dörfern (in Phrygien), und tausende Gläubige teilten seine Ansicht und wanderten dorthin und wenig später wieder zurück, denn zwischen diesen Dörfern fanden sie nur vertrocknete Felder und

Steine und Bauern, die ihnen staunend zusahen, und als sie diese fragten, ob das hier der Himmel sei, wurden die Bauern ungehobelt und warfen Steine und riefen VERPISST EUCH, MONTANIER und HIRNVERBRANNTE und so weiter – und der Himmel auf Erden wurde so nicht gefunden. Und tausende Jahre später wunderten sich ein paar Wissenschaftler über den Optimismus dieser Menschen (die nicht aus Montana stammten) und sie meinten, dass Glaube zwar keine Berge versetze, aber schon ganz vieles in Bewegung bringe und die Montanier seien sehr gläubig gewesen und könnten als Vorbild dienen für die heutige Gesellschaft – mit ihren Visionen und dem Willen, sich in Bewegung zu setzen. Und andere Wissenschaftler wiederum behaupteten, die Montanier seien das mit Abstand naivste und dümmste Volk in der Geschichte der Menschheit gewesen – selbst für den damaligen Wissensstand und von Vorbildwirkung könne überhaupt keine Rede sein. Und viele Optimisten gründeten später Glaubensgemeinschaften und Sekten und Zirkel und so weiter und sie sprachen vom Weltuntergang und dem Willen, diesem zu trotzen, und alle anderen (die Pessimisten und Bohemiens) hätten nur eine Möglichkeit, nämlich sich ihnen anzuschließen und Teil zu werden in der Gemeinschaft optimistischer Gleichgesinnter. Und sie waren überzeugt davon, dass man nur so frei und unbeschwert leben könne – für immer und ewig. Und ein optimistischer Römer behauptete einmal, dass die Erde bereits fünftausendfünfhundert Jahre vor Christus erschaffen worden sei und insgesamt nur sechstausend Jahre alt werden solle, dann sei es aus und vorbei und OVER AND OUT. Und einige Zeit später wurde ein Mann geboren, der noch viel Genaueres wusste, und er war sehr gläubig und machte Karriere und seine Mutter ließ ihn auf den Namen Silvester taufen, weil das so gut zu ihm passte. Und dieser Mann verkündete, dass um Mitternacht des einunddreißigsten Dezember neunhundertneunundneunzig die Welt untergehen werde mit Ach und Krach, und in der gesamten christlichen Welt brach – der Mann war schließlich Papst – eine Massenhysterie aus und Horden von Räubern plünderten das Land und der Pöbel forderte die Hinrichtung von Zauberern und Hexen und körperlich Behinderten und anderen suspekten Gestalten – um wenigstens so etwas wie Genugtuung zu erfahren. Und als die Welt am ersten Januar des Jahres eintausend noch immer da war, beruhigte sich das Volk und Silvester zog sich aus der Affäre, indem er behauptete, nur seine Gebete hätten den drohenden Weltuntergang verhindert. Und ganz anderen Quellen zufolge verlief der erste Jahrtausendwechsel eher unspektakulär, da die Mehrheit der Bevölkerung weder lesen noch schreiben noch rechnen konnte und der Kalender und die Zeitrechnung ihnen gänzlich unbekannt waren. Und ein bekannter Astronom sagte im Jahr eintausendeinhundertundneunundsiebzig voraus, dass der Weltuntergang sieben Jahre später, also im Jahr eintausendeinhundertundsechsundachtzig, mit verheerenden Erdbeben und Stürmen und Windhosen und Flutwellen angekündigt würde und die anderen hätten sich alle nur verrechnet, da sie lesen und schreiben nicht so beherrschten wie er und als Astronom wisse er schließlich, was er tue, und habe eine gute Hand für Zahlen und Ähnliches. Und als es in diesem Jahr zu regnen begann und etwas Wind aufkam, brach in Europa erneut eine Massenhysterie aus und die Leute schlugen sich halb tot vor Angst und in Deutschland grub man überall Unterstände und Kellergewölbe oder einfach nur irgendwelche Löcher in die Landschaft, in denen sich das Volk verkriechen konnte, und der Kaiser von Byzanz ließ alle Fenster seines Palastes zumauern und hoffte dadurch, dem Schlimmsten zu entgehen, und in der Tat konnten ihm so Regen und Sturm nichts anhaben und ein englischer Erzbischof ordnete ein dreitägiges Fasten an, um Britannien auf das Jüngste Gericht vorzubereiten – und auch dort regnete es weiter und weiter. Und ein anderer Geistlicher stellte fest, dass der Messias erscheinen werde, wenn die Erde sieben Phasen der Buße durchlaufen habe und im Jahr eintausendzweihundert waren seiner Meinung nach diese Phasen um und er frohlockte und jauchzte und verkündete überall, dass Christus gekommen sei, um alle zu erlösen – auch solche, die das gar nicht wollten. Und dann rechnete er nach und verlautbarte, dass vierzig Generationen seit Christus vergangen seien, und daraus schloss er wiederum, dass der Weltuntergang im Jahr eintausendzweihundertundsechzig stattfinden werde – Irrtum sei da völlig ausgeschlossen. Und Christus sei schon da, um alle auf das Jüngste Gericht vorzubereiten, und Dank sei Gott und preiset den Herrn und so weiter.

Und da es damals kein Internet oder Telefon oder Fernsehen gab, brauchte es einige Zeit, bis seine Prophezeiung unter die Menschen kam und ganze vier Jahre später flohen zwanzigtausend Londoner auf die umliegenden Hügel der Stadt, um Gott beim Ende der Welt näher zu sein, und sie warteten auf den Satan und riefen seinen Namen, um sich Mut zu machen, und als nichts passierte, gingen sie nach einigen weiteren Tagen schließlich wieder an ihre Arbeit und taten so, als ob gar nichts geschehen wäre. Und ein Prediger verkündete später den Weltuntergang für die Jahre eintausendfünfhundertundzweiunddreißig und eintausendfünfhundertunddreiunddreißig und eintausendfünfhundertundeinundvierzig und danach wollte er sich verständlicherweise nicht mehr genau festlegen – aber irgendwann würden sie alle untergehen, dessen sei er sich sicher. Und im Jahr eintausendsechshundertundfünfundsechzig wurde ein Jude von anderen Juden zum Messias erkoren und es war an sich ein ganz normaler Tag und der Messias erzählte seinen Freunden später, dass das alles sehr überraschend für ihn gekommen sei und er habe ja eigentlich nur zur Arbeit gehen wollen und gerade erst gefrühstückt gehabt. Und da er nicht wusste, was ein Messias so tut, tat er gar nichts mehr und blieb meistens zu Hause und fühlte sich gefangen und eingeengt. Und wenn er doch ab und an spazieren ging, knieten die Menschen vor ihm nieder, wenn sie ihn sahen und alle wollten ihn anfassen und das war eine große Belastung. Und als er eines Tages nicht mehr weiter wusste, rief er DAS ENDE DER WELT IST GEKOMMEN und alle bekamen große Angst und suchten Zuflucht und Trost und meinten, gewiss könne er sie durch die Dunkelheit führen. Und einige Jahre später konvertierte der Messias zum Islam, weil er sich nicht mehr anders zu helfen wusste und bald schon krähte kein Hahn mehr nach ihm – jedenfalls nicht in Jerusalem. Und im Jahr eintausendachthundertundvierzehn verkündete eine vierundsechzigjährige Jungfrau und Wahrsagerin, dass sie schwanger sei und den neuen Messias zur Welt bringen würde, und sie sagte auch, dass kurz nach dieser Geburt die Welt für immer unterginge und nur ihre Jünger gerettet würden. Und natürlich sprach sich das schnell herum und die besten einundzwanzig Ärzte Europas kamen zu ihr und untersuchten sie und zwanzig von ihnen kamen zu dem Ergebnis, dass sie entweder schwanger oder wahrscheinlich schwanger sei, und nur einer meinte, sie sei so schwanger wie er selbst – also gar nicht. Und hunderte Anhänger und Jünger, die den Messias sehen wollten, schlugen den Arzt tot und meinten, so eine Blasphemie müsse Gott sofort strafen. Und sie belagerten das Haus und vertrieben sich die Zeit mit Kartenspielen und Holzhacken und Wassertreten im nahen Fluss und als der Messias nach neun Monaten doch nicht geboren wurde, meinten sie, er sei wohl nur ganz kurz auf der Erde gewesen und sofort wieder in den Himmel gefahren, weil er dort noch Dringendes zu erledigen gehabt hätte und bestimmt würde er später zurückkehren und das begonnene Werk vollenden. Und sie warteten noch einige Jahre und zur großen Freude aller gebar die Jungfrau doch noch ein Kind und alle knieten nieder und bekreuzigten sich und waren glücklich und zufrieden. Und ein paar Jahre später verlor ein Mann sehr viel Geld beim Kartenspiel und er betrank sich fürchterlich und erzählte in einem Dorfgasthaus, er habe die Jungfrau geschwängert, weil ihm die Warterei auf die Nerven gegangen sei und er an irgendetwas habe glauben wollen. Und als schließlich im Jahr eintausendneunhundertundzehn der Halleysche Komet geflogen kam, brach erst wahre Hysterie aus und tausende Menschen in Europa versammelten sich vor Kirchen und Rathäusern und Fabriken und so weiter und beichteten ihre Sünden oder begingen Selbstmord oder verschenkten Häuser und Wertpapiere und Perlenketten oder gaben sich spontan dem Laster hin. Und in Oklahoma musste die Polizei sogar ein Mädchen vom Altar zerren, die den Allmächtigen mit einem Menschenopfer zu besänftigen versuchte – doch die ganze Aufregung war umsonst und der Halleysche Komet flog vorüber und die Erde drehte sich weiter und so mancher stand dann ohne Geld und Heim da oder hatte Geschlechtskrankheiten und wusste nicht, wie es jetzt mit ihm weitergehen solle. Und im Jahr eintausendneunhundertundneunundfünzig warteten hunderte Anhänger der Davidanersekte auf ihrer Farm in Texas vergeblich auf die Ankunft des Messias und eintausendneunhundertunddreiundneunzig hatten sie das Warten schließlich satt und sie randalierten und schossen in die Luft und belästigten Anrainer und als Polizisten das Anwesen stürmten, verbrannten sich fünfundachtzig von ihnen – einfach aus Trotz oder Frust oder so ähnlich. Und viele Anhänger einer anderen Sekte warteten im Jahr eintausendneunhundertundsechzig am Fuße des Montblanc vergeblich auf das prophezeite Ende der Welt und als nichts passierte, zogen sie zu anderen Bergen und später zu Wasserfällen und Flussmündungen und mit der Zeit wurden sie älter und das Reisen wurde zu beschwerlich und sie blieben irgendwann einfach zu Hause. Und ein paar andere glaubten, dass die Erde im Jahr eintausendneunhundertundachtundsiebzig untergehen werde und sie wählten einen Messias und lebten alle auf einer Farm und hielten Schweine und Kühe und Hühner und so weiter und im Jahr eintausendneunhundertundsiebenundachtzig fuhren sie alle gemeinsam nach Guyana, wo neunhundertunddreiundzwanzig von ihnen Selbstmord begingen – weil das Ende der Welt bevorstehe. Und viele von ihnen erschossen sich und einige ließen sich erschießen und wieder andere nahmen Zyankalikapseln und Dutzende verbrannten oder ertränkten sich im nahen Fluss oder schnitten sich die Pulsadern auf. Und einige von ihnen überlebten, da sie sahen, wie weh das alles bei den anderen tat, und ihr Glaube kam darüber so ins Wanken, dass sie schließlich nach Hause fuhren und weiter Schweine und Kühe und Hühner züchteten und sie machten später richtig viel Geld und erzählten in Talkshows, dass sie damals viel zu jung gewesen seien, um das alles richtig einzuschätzen, und sie seien letztlich Opfer ihrer eigenen Torheit geworden – und sie warnten alle Jugendlichen vor Gehirnwäsche und emotionaler Abhängigkeit und Heilslehren und so weiter. Und ein amerikanischer Fernsehkanal behauptete, die Welt werde eintausendneunhundertundachtundachtzig untergehen, und dann einigte man sich nach vielen Diskussionen auf einen Montag, weil viele einfach noch ein schönes Wochenende verbringen wollten, mit Shoppen und so weiter. Und um zwölf Uhr dreißig brachen sie das reguläre Programm ab und sendeten fortan Instruktionsvideos für Ungläubige, die sich mit Verhaltensmaßnahmen bei einer plötzlichen Himmelfahrt der Angehörigen auseinander setzten. Und im Jahr eintausendneunhundertundvierundneunzig verkündeten einige Sonnentempler, die bis dato niemand gekannt hatte, dass die Welt verloren sei, und sie beschlossen, dreiundfünfzig Auserwählte auf das ewige Leben vorzubereiten, und diese sollten nach ihrer Ausbildung getötet werden und danach in feinstofflicher Form durch den Kosmos zum Planeten Sirius fliegen, wo sie zu christusähnlichen Sonnenwesen mutieren würden, während die Erde in der Apokalypse zugrunde ginge. Und achtunddreißig der dreiundfünfzig Auserwählten, die den Transit zum Planeten Sirius nicht freiwillig mitmachen wollten, wurden von der Sekte einfach nur so umgebracht, um auf Nummer sicher zu gehen. Und im Jahr eintausendneunhundertundfünfundneunzig wurden in einem Waldstück die Leichen sechzehn weiterer Sonnentempler gefunden und die hatten sich umgebracht, weil sie darüber enttäuscht waren, von ihren Führern beim ersten Transit zum Sirius übergangen worden zu sein, und in einem Abschiedsbrief fand die Polizei später die Parole SIRIUS FÜR ALLE und einige Journalisten meinten, rein demokratiepolitisch sei dies auf jeden Fall der richtigere Ansatz. Und einer der Journalisten schrieb sogar ein Buch darüber und die besagten sechzehn Sonnentempler wurden weithin bekannt – und man bedruckte sogar T-Shirts mit ihren Porträts und es gab Kugelschreiber, die ihre Namen trugen, und eine Zeit lang wusste im Physikunterricht jedes Kind, was es mit Sirius auf sich hatte und wo der Planet zu finden sei. Und im Jahr eintausendneunhundertundsiebenundneunzig fand die Feuerwehr in einem abgebrannten Bauernhaus weitere vier verkohlte Leichen und drei verstörte Kinder, die in einer Scheune eingesperrt waren – und die sagten unter Tränen aus, dass sich ihre Eltern und Großeltern auf den Weg zum Planeten Sirius gemacht hätten. Und die Polizei fand später tausende Flugzettel, die von der Familie gedruckt worden waren, und darauf stand SIRIUS, WIR KOMMEN und die Kinder hatten den Auftrag, die Botschaft weiterzutragen, und ein Psychologe behauptete, mit einer solchen Geschichte belastet sei ein Erwachsenwerden gänzlich unmöglich – jedenfalls nicht ohne dauerhaft ein schweres Trauma davonzutragen, und er schlug vor, die Kinder regelmäßig zu hypnotisieren und sie unter Beobachtung zu halten, damit kein weiteres Unheil passiere. Und die Kinder wurden größer und studierten und heirateten und behaupteten später, dass sie niemals Eltern gehabt hätten, vielmehr seien sie alle geklont – aus Stammzellen anonymer Spender.

Und im Jahr neunzehnhundertundachtundneunzig versammelten sich einhundertfünfzig ausgemachte Optimisten der taiwanesischen christlich-buddhistischen Sekte GOD'S SALVATION CHURCH in Texas, um dort auf die Ankunft Gottes zu warten, und sie gingen davon aus, dass Gott am fünfundzwanzigsten März auf Kanal achtzehn in Garland eine Fernsehansprache halten werde. Und Anhänger einer CURCH OF

SUBGENIUS wiederum glaubten, dass am fünften Juli der XDAY komme und an diesem Tag würden Außerirdische vom Planeten XISTS landen und die Auserwählten auf Raumschiffe eines Sexgottes beamen – und der Rest der Bevölkerung müsse langsam vernichtet werden, aus Gründen der Geheimhaltung. Und als der XDAY dann doch nicht eintraf, behaupteten sie, dass ein Artefakt, auf dem ihre Berechnung basierte, versehentlich auf den Kopf gestellt worden sei – und nicht eintausendneunhundertundachtundneunzig, sondern achttausendsechshundertundeinundsechzig sei das richtige Datum. Und ein Führer der GOD'S SALVATION CHURCH wiederum glaubte, dass im Jahr eintausendneunhundertundneunundneunzig ein Nuklearkrieg weite Teile der Erde zerstören werde, und er dachte schließlich, in einem neunjährigen Jungen aus Cleveland eine Reinkarnation Jesu Christi gefunden zu haben, und er behauptete, wenn dieser Jesus des Ostens mit dem Jesus des Westens vereint werde, so könnten über einhundertmillionen Leben gerettet werden. Und vom anderen Jesus wusste er, dass dieser im Jahr eintausendneunhundertundneunundsechzig in Vancouver geboren wurde und wie Abraham Lincoln aussah. Und er fuhr nach Vancouver und schlich dort durch die Straßen und befragte Männer, die einen Vollbart trugen, und als er seiner Sache sicher sein konnte, entführte er einen gewissen Jack Spoon und sperrte ihn in seinen Keller. Und er fütterte und streichelte und liebkoste ihn und versuchte zu erklären, dass er doch der Jesus des Westens sei – und er müsse einfach nur die Menschheit erlösen. Und der Mann spuckte und schrie und trat um sich und der Junge aus Cleveland weinte und rief nach seiner Mutter und man hat die beiden nie wieder gesehen.

Und die Zeit strich vorüber und die Welt drehte sich weiter und wollte partout nicht untergehen und man machte neue Prognosen und spekulierte und manipulierte und fluchte und nichts passierte, denn manche Wünsche gehen nie in Erfüllung und andere schon.

Und ein anderer Mann wollte einmal Präsident werden und er sagte ICH GLAUBE, GOTT WILL, DASS ICH PRÄSIDENT WERDE und so ein Grund war der Grund aller Gründe und er war optimistisch und hatte das nötige Kleingeld und Umfeld und so weiter. Und er war Evangelikaner und das sind so Leute, die glauben, Christus werde in einigen Jahren wieder irdischen Boden betreten und sich kurz umsehen und strecken und vielleicht die Beine vertreten und dann werde alles gut. Und in Europa werden die Kirchen immer leerer und die Menschen unzufriedener mit dem, was sie haben und was die Kirchen bieten, und daher suchen sie ihre Erfüllung und Befriedigung in verwerflichen Dingen wie Konsum und Wohlstand und Fitness und Sex und Hobbys und Fernsehen. Und die Evangelikaner sagen, die Menschen seien machtlose Besserwisser und Gott ausgeliefert und nur so viel wert, wie Er ihnen Wert zumesse, und das Leben sei überhaupt nur sinnvoll, wenn es Gott beliebe. Und sie klagen, die Welt werde vom ICH beherrscht und das sei gar nicht gut, denn nur deshalb fühlten sich Menschen unzufrieden und verloren und ohnmächtig. Und sie seien Egozentriker und Rebellen und Sünder, die weder Gott noch ihren Nächsten so lieben könnten wie sich selbst, und ihr Leben werde geprägt durch Orientierungslosigkeit und Einsamkeit und antisoziales Verhalten und gewaltsame Ausbeutung und Plünderung und Umweltverbrechen und so weiter. Und das Böse sei in die Welt gekommen und Schuld daran trügen Homosexuelle und Lesben und Aufgeklärte und Unmoralische und Emanzipierte und so weiter, die seien das Letzte und für alles verantwortlich. Und die Evangelikaner beteten und hielten sich an den Händen und freuten sich auf das Jüngste Gericht und sprachen von Gottes radikaler Diagnose und seinem Heilmittel. Und oft traten sie im Fernsehen auf und nannten sich Brüder und Schwestern und gaben Empfehlungen ab und dokumentierten den Verfall der Gesellschaft und hofften auf eine baldige Rettung der Welt. Und einer ihrer Führer sagte einmal, ORALSEX sei eine der Hauptursachen, warum es bergab gehe mit allem, und die jungen Leute wüssten nicht, dass es falsch und gottlos sei und überall in Amerika, auf jedem Schulhof und in jedem Parkhaus und Stiegeneingang und auch auf Toiletten und so weiter praktizierten junge Leute Oralsex, weil sie nichts über die Gefahren wüssten, die damit verbunden – und er fügte hinzu, er schäme sich für die Leute, die das in Amerika salonfähig gemacht hätten, nannte aber keine Namen. Und wieder ein anderer Mann, der später Präsident wurde, sprach, dass die Welt heute einfach nicht mehr so funktioniere, wie sich das realitätsnahe Leute noch vorstellten und sein Land sei ein Imperium und wenn er handele, erfinde er zugleich die Realität aller und während die Menschen noch diese Realität studierten und zu erfassen suchten, handele er schon wieder und schaffe weitere neue Realitäten, die man dann wieder studieren könne und so weiter. Und er nannte sich Schöpfer und Regisseur und Leader der Geschichte und alle anderen seien Zaungäste und Zuschauer und Statisten und könnten das Denken und Lenken getrost ihm überlassen.

Und in Deutschland gründete einmal ein Mann eine Partei für Einigkeit und Recht und Keuschheit und er propagierte die deutsche Sprache und kritisierte vor allem Jugendliche, die hätten kein Bewusstsein für Tradition und Redlichkeit, stattdessen säßen junge Menschen viele Stunden vor Computern, wo sie Gewalt und Sex konsumierten und später hätte das Folgen wie Umweltverschmutzung und Kriminalität und Abtreibung und Scheidung und Alkoholismus und so weiter. Und der Mann war ein großer Katzenliebhaber, da Katzen reinlich und vornehm und ordentlich seien und nur hin und wieder miauten. Und er traf sich gern mit Gleichgesinnten und Interessierten und Wählern und man sprach über Jesus und Anstand und Vorrecht, aber auch über Haltung und Pflege und Katzentatzen und eines Tages bekam er eine E-Mail von einem Parteifreund und der schrieb GRÜSSE SIE GANZ HERZLICH, AUCH VON MEINER FRAU UND UNSEREN BEIDEN KATZEN, DIE WIR UNREDLICHERWEISE MUSCHIS NENNEN und der Mann wurde wütend und sprach mit seinem Freund nie wieder ein Wort, weil dieser Gott beleidigt habe – mit seiner ordinären Unredlichkeit. Und im Jahre zweitausend kam in Miami ein Mann vor Gericht, der jegliche böse Absicht bestritt, obwohl er seine Mutter gekreuzigt hatte und sie eine Woche lang an einer Wand hängen ließ. Und der Mann verteidigte sich und sagte, es sei unumgänglich gewesen, da seine Mutter eine Sünderin gewesen sei und Gott nicht in ihrem Herzen getragen habe und er habe ihr nur geholfen, in den Himmel zu kommen, und der Mann bekam zehn Jahre Gefängnis – wegen Totschlags.

Und einige Optimisten waren von ihrer Sache so überzeugt, dass sie sogar gern dafür starben und es gab Zeiten, da starben sie wie die Fliegen und manchmal genügte es schon, wenn sie sich nur den Finger abschnitten oder den Arm verloren oder so ähnlich und es gab Krankheiten und Luftangriffe und Pocken und Pest und katastrophale Verhältnisse und sanitäres Missmanagement. Und später wurden Optimisten noch dreister und man nannte sie Terroristen, da sie dachten, die Welt mit dem Schmerz anderer verändern zu können, und sie setzten auf drastische Mittel und unbedingten Gehorsam, aber sie selbst nannten es ZEICHEN SETZEN und wenn man ein Zeichen setze, könnten die Menschen glauben und der Glaube an eine Sache sei schon die halbe Miete. Und viele Optimisten waren geistige Führer und Heilige und Märtyrer und ganz besonders gläubige Herren, die immer alles richtig taten. Und im Grunde genommen unterschieden sie sich gar nicht so sehr von anderen Menschen, sie waren vielleicht etwas beharrlicher und nicht ganz so zimperlich. Und die Pessimisten wiederum waren sich einig, dass man die Welt nicht retten könne und ändern noch weniger und mit drastischen Mitteln schon gar nicht, und oft waren sie Menschen, die viel fernsahen oder ins Wirtshaus gingen, also reine Theoretiker. Und Pessimisten, die keinen Fernseher hatten, meinten, genau das sei für ihr Leben typisch, die anderen hätten und sie hätten nicht. Und Bohemiens mischten sich nur selten ein und wussten, es ist, wie es ist, und sie waren aktiv und konsumierten, was es zu konsumieren gab und sie rauchten und nahmen Gelegenheitsjobs an und auch Drogen. Und manche Optimisten trafen sich in Hinterzimmern und Kellern und Gebirgstälern und dort diskutierten sie, wie man die Welt verändern könne und wer Feind sei und wer nicht und sie kamen zu dem Schluss, dass alle, die anders denken oder glauben oder handeln oder aussehen, Feinde seien und genau die müsse man ruhig stellen und mundtot machen, sonst könne man die Welt unmöglich verbessern – was aber das erklärte Ziel aller Optimisten blieb.

Und sie formierten und formulierten und bekundeten und bekannten und in Europa gab es Optimisten, die nannten sich RED HAND DEFENDERS und PARTIYA KARKEREN KURDISATAN (Kurdische Arbeiterpartei) und EPANASTIKI ORGANOSI 17. NOEMVRI (Revolutionäre Organisation 17. November) und EUSKADI TA ASKATASUNA (ETA) und TIERRA VASCA Y LIBERTAD (Baskisches Vaterland) und CONTINUITY IRISH REPUBLICAN ARMY und EPANASTIKI PYRINES und EPANASTATIKOS LAIKOS AGONAS (Revolutionärer Volkskampf) und GRUPOS DE RESISTENCIA ANTIFASCISTA PRIMERO DE OCTUBRE (Antifaschistische Widerstandsgruppe Erster Oktober) und HARAKAT MUQUAMA ISLAMIYYA (HAMAS) und LOYALIST VOLUNTEER FORCE und PALESTINIAN ISLAMIC JIHAD und ORANGE VOLUNTEERS und ULSTER FREEDOM FIGHTERS und USHTRIA CLIRIMTARE KOMBETARE (Nationale Befreiungsarmee) und ROTE ARMEE FRAKTION und so weiter und anderswo in der Welt hießen sie ABU SAYYAF (Vater des Schwertführers) und ASBAT EL ANSAR und AUM SHINRI KYO (Höchste Wahrheit) und LIBERATION TIGERS OF TAMIL EELAM und EL KAIDA (Die Basis) und GAMAA EL ISLAMIJA und HARAKAT UL MUJAHIDIN und HISBOLLAH (Partei Gottes) und ICHWAN MUSLIMIN (Moslembrüder) und FRONT ISLAMIQUE DES SALVATION (Islamische Heilsfront) und KAHANE CHAI und SENDERO LUMINOSO (Leuchtender Pfad) und UNITED POPULAR ACTION MOVEMENT und AUTODEFENSAS UNIDAS DE COLUMBIA (Vereinigte Selbstverteidigungsstreitkräfte) und sie alle hatten das Ziel, die Welt zu erneuern und sich und ihr Volk zu befreien und Pessimisten in Optimisten zu wandeln und so weiter. Und es gab auch Optimisten, die glaubten, die Welt sei schon befreit, und man müsse das Erreichte verteidigen und Angriff sei die beste Verteidigung und von nichts komme nichts und eine Hand wasche die andere und alles sei würdig und recht, für Volk und Vaterland gerade gut genug.

Und im Jahr zweitausendundeins wurden fünftausendzweihundertundfünfundsechzig Menschen in achtundsechzig Ländern zum Tode verurteilt und die meisten davon in China, denn dort gab man sich ganz besonders optimistisch, dass man den Menschen und die Gesellschaft dauerhaft optimieren könne – für alle Zeiten. Und auch im deutschen Bundesland Hessen dürfen Verbrecher laut Landesverfassung zum Tode verurteilt werden – und kaum jemand weiß das und Hessen will sich da nicht so äußern und Bundesrecht gehe vor Landesrecht und natürlich werde niemand ernsthaft hingerichtet, das Ganze sei rein akademisch. Und nach einem ganz großen Terroranschlag waren auch normale Kriminelle und Möchtegernrowdys und Rassisten und so weiter auf einmal Verschwörer und Staatsfeinde. Und viele Verbrecher interessierten sich plötzlich für Politik, weil sie das Gefühl hatten, dass ihr Tun und Lassen nunmehr instrumentalisiert und digitalisiert und terminiert und analysiert werde – und sie für etwas den Kopf hinhalten müssen, mit dem sie so gar nichts zu tun haben. Und ein Ganove sagte einmal, es sei eine Frechheit, mit welchen Subjekten ehrbare Ganoven heute verglichen würden, und er behauptete, die wahren Verbrechen begehe die Politik in Saudi-Arabien und China und in den USA und so weiter. Und er beschwor alle, die ihm zuhörten, darüber nachzudenken und der Arbeit von Geheimdiensten und Königshäusern und Garden und Volksmilizen und anderen Perversen äußerst skeptisch gegenüberzustehen.

Und ein amerikanischer General wiederum sagte, die Todesstrafe solle doch auf der ganzen Welt eingeführt werden, dann würde endlich mehr Sicherheit herrschen und später stellte sich heraus, dass er chinesische Vorfahren hatte. Und ein anderer General hatte lateinamerikanische Vorfahren und auch der war für die Todesstrafe und die Nationalsozialisten liebten ja die Todesstrafe und die Kommunisten und Terroristen und andere Revolutionäre ebenso und vielleicht lag alles einfach nur an der falschen Erziehung. Und ein Verhaltensforscher sagte einmal im Fernsehen, es mangele heute vielen Menschen an guter Erziehung und das liege daran, dass die Eltern kaum noch Zeit für ihre Kinder hätten und viele Kinder kennten ihre Eltern gar nicht mehr und sie vermissten Disziplin und soziales Bewusstsein und elterliches Engagement und so weiter. Und er sagte, das Militär sei gar nicht so schlecht für Problemkinder, denn dort könnten sie vieles nachholen und Karriere machen und sich für das Wohl aller einsetzen. Und beim Militär dienen viele Pessimisten und sie haben nichts zu sagen und man hält sie so von der Straße fern und setzt sie dort ein, wo Einsatz gefragt ist und wo Menschenleben nicht viel wert sind. Und es gibt viele Optimisten, die sind Offiziere und Gentlemen und Strategen und sie sind überhaupt guter Dinge und bereit für Veränderung und Wandel. Und früher durften ganz viele Leute nicht zur Armee, weil sie so manche Norm nicht erfüllten und heute dürfen alle zum Militär und man findet für jeden eine individuelle Verwendung – im Schützenpanzer oder am MG oder bei den Fernmeldern oder den Minensuchern.

Und am Ende des zwanzigsten Jahrhunderts musste sogar das Militär auf Quoten achten und es gab immer weniger Rekruten und immer mehr Berufssoldaten und Frauen und Repräsentanten von nationalen Minderheiten in einflussreichen militärischen Positionen und die Quote war alles – jedenfalls in demokratischen Ländern. Und in anderen Ländern sprach man von Abschussquoten und davon, dass es keine Rolle spiele, woher jemand komme, wenn er nur an etwas glaube, wofür es sich zu sterben lohne, und sein Leben so einem höheren Zweck diene. Und man rekrutierte Minderjährige und Kinder und Behinderte und Obdachlose und Bauern und Drogendealer und sozial Schwache und steckte sie in Uniformen und setzte sie ein im Kampf gegen das Böse. Und vielen Optimisten und Revolutionsführern und radikalen Islamisten und so weiter war jedes Mittel recht, um einen Endsieg davonzutragen. Und in Kolumbien arbeiteten immer mehr Kinder als Killer und Mörder und Konterrevolutionäre und sie besuchten MÖRDERSCHULEN, wo sie zunächst Meerschweinchen töteten und Hunde und Kühe und so weiter, und einmal wurde ein Kind gefasst und verurteilt, das siebzehn Männer und zweiundzwanzig Frauen getötet hatte, und es gab zu Protokoll, das sei sehr einfach gewesen, denn Männer und Frauen seien von Natur aus leichtsinnig und hätten nie Verdacht geschöpft und ihm sogar Eis angeboten oder Bonbons. Und es sagte WENN ICH EINE ARBEIT ERLEDIGE, STOSSE ICH DAS MESSER IMMER DIREKT IN DIE BRUST UND WÄHREND DAS OPFER STIRBT, SEHE ICH IHM IN DIE AUGEN UND FÜHLE MICH SO MÄCHTIG WIE GOTT. Und als das Kind später im Gefängnis starb, fühlten sich alle irgendwie wohler und ein Gefängniswärter meinte sogar, das sei kein Kind gewesen, sondern der Teufel höchstpersönlich.

Und alle waren entsetzt und es lief ihnen ein Schauer über den Rücken und einige Psychologen und Verhaltensforscher stellten Studien an, ob es vielleicht in der Natur des Menschen liege, grausam und monströs zu sein und anderen Schmerz und Leid zuzufügen, und manche fanden heraus, dass es eine genetische Veranlagung zum Bösen gebe, die durch emotionale BURN OUTS und VERSCHMÄHTE LIEBE und so weiter aktiviert werde. Und andere wiederum fanden heraus, dass traumatische Erlebnisse in der Kindheit an allem Schuld seien – Vergewaltigung und Prügel und soziale Verwahrlosung etwa. Und wieder andere behaupteten, die Ursache sei zwar in der Kindheit zu suchen, habe aber weniger mit Sozialisation zu tun als vielmehr mit Ernährung – und sie sagten, dass viele Mütter ihre Kinder mit Ersatzpräparaten aufzögen und kaum noch säugten und das Neugeborene werde so von der Leiblichkeit der Mutter getrennt und fühle sich verraten und verkauft. Und viele Jahre später äußere sich das erst in seiner ganzen Scheußlichkeit, einem gierigen und aggressiven und perversen Charakter nämlich. Und ganz andere gingen davon aus, dass man über die Form eines Schädels auf künftige Verbrecher und Massenmörder und Terroristen und so weiter schließen könne und sie nahmen Zirkel und Maßband zur Hand und katalogisierten und kodifizierten und fanden schließlich heraus, dass viele Verbrecher Menschen seien, deren Schädel Ähnlichkeiten mit einem Affen aufweise. Und dazu zählten Missproportion und Verwachsung und abstehende Ohren und dichte Augenbrauen und schmale Lippen und hervorstehende Eckzähne und so weiter.

Und die Welt ist eine Geschichte der Amerikaner und Asiaten und Europäer und Afrikaner im Allgemeinen und Europa ist eine Geschichte der Polen und Engländer und Franzosen und Italiener und Spanier und Portugiesen und Ungarn und Tschechen und Slowaken und Finnen und Schweden und Norweger und Luxemburger und Belgier und Niederländer und Schweizer und Slowenen und Bulgaren und Türken und Rumänen und Litauer und Letten und Esten und Russen und Ukrainer und Kroaten und Serben und Albaner und Bosnier und Malteser und Kreter und Isländer und Liechtensteiner und Dänen und Österreicher und Deutschen und Montenegriner und Andorraner und Monegassen und Kurden und Samen und Sorben und Inuit und so weiter im Besonderen. Und einige Anthropologen sagten, Europäer hätten eine dünne Haut und viel Vergangenheit und das stimme sie pessimistisch und Amerikaner hätten eine dicke Haut und kaum Vergangenheit, ein paar Bürgerkriege und Skalpjäger und tote Bisons und so weiter, aber nichts, was so sehr belaste oder worüber man oft nachdenken müsse. Und viele Therapeuten meinten, das könne man so nicht sagen, ein jeder Mensch trage sein Kreuz und die meisten Menschen heutzutage hätten eine schlechte Kindheit gehabt oder viel Stress im Berufsalltag und das Wichtigste sei, an sich und seiner kommunikativen Kompetenz zu arbeiten – ob jetzt in Amerika oder Asien oder ganz gleich wo. Und die meisten Therapien werden in Amerika angeboten und viele Amerikaner können sich ein Leben ohne gar nicht mehr vorstellen und sie sprechen viel über Dyserektion und Morbosität und Fresssucht und Karzinogene und so weiter und europäische Psychologen halten das für überzogen und behaupten, die Amerikaner hätten einfach nur keine Geschichte und seien eine Nation von Simulanten und Zweckoptimisten. Und in Europa gibt es auch Therapien, aber nicht ganz so viele wie in Amerika und die Leute mögen keinen Seelenstriptease und trinken lieber Bier oder reden einfach nur mit Freunden. Und amerikanische Psychologen behaupten, Europäer seien wahre Meister der Verdrängung und Selbsttäuschung und das mache sie schwach und pathologisch und pessimistisch und die

Geschichte gebe ihnen recht. Und in Europa liegen die Eingeweide der Vergangenheit obenauf und die Bauchdecken sind brüchig und manchmal schlägt das schnell auf den Magen und es gibt Darmverstimmungen und Durchfall.

Und in Amerika gibt es sogar Gesetze, wonach Magenverkleinerungen steuerlich absetzbar sind, und einige Rechtswissenschaftler sagten, die Leute sollen so motiviert werden, ihre Fettleibigkeit in den Griff zu bekommen, um das System nicht mehr zu belasten. Und im Jahr neunzehnhundertundsechzig waren dreizehn Prozent der Erwachsenen in Amerika fettleibig und im Jahr neunzehnhundertundneunundneunzig waren es siebenundzwanzig Prozent – Tendenz steigend. Und die meisten Amerikaner essen gern FAST FOOD und am liebsten SUPER SIZE und einmal hat einer einen Film darüber gedreht, was mit dem Körper passiert, wenn man so isst wie ein Durchschnittsamerikaner, und er wollte diese Erfahrung am eigenen Leib spüren und aß Fast Food und trank Cola und ging regelmäßig zu Ärzten, die an seine Vernunft appellierten und ihm von Weiterem abrieten. Und sie mahnten und tadelten und der Mann aß weiter und hatte bald viel Übergewicht und ein schlechtes Blutbild und überhaupt keine Lust mehr auf Sex. Und viele Christen in Amerika fanden das gut, keine Lust mehr auf Sex zu haben, und sagten, Gott habe Amerika (und der Welt) einen Weg gezeigt, wie man seiner teuflischen Triebe Herr werden könne. Und manche tiefgläubige Ehepaare tauften ihre Kinder DONALD und BURGER KING und KENNY TUCKY und so weiter, weil sie das Gefühl hatten, sich bei irgendjemandem bedanken zu müssen. Und in Amerika gibt es Leute, die sind behindert und leben in ihrer eigenen Welt und sie sagen, ihre Welt sei eine bessere und intensivere und die Behinderung habe sie sensibilisiert für die wirklichen Makel dort draußen und niemals wollten sie tauschen. Und einmal wollte ein behindertes Ehepaar Kinder zeugen, aber sie wollten keine gesunden Kinder, die ihrigen müssten behindert sein so wie sie, denn nur dann könnten sie die Welt wahrnehmen, wie sie wirklich sei, und alles andere als Lug und Trug entlarven. Und sie machten Tests und Untersuchungen und konsultierten Experten und es stellte sich heraus, dass sie nur gesunde Kinder zeugen konnten, weil die Behinderung nur sie selbst betraf. Und als sie das erfuhren, baten sie die Ärzte, ob die nicht etwas machen könnten, es sei ja zum Wohle ihres Kindes. Und weltweit gibt es viele Menschen, die lassen sich ein Bein amputieren oder einen Arm oder so ähnlich und sie fühlen sich dann besser und kriegen ihr Leben endlich in den Griff und Psychologen behaupten, sie hätten dann endlich eine Entschuldigung, warum es in ihrem Leben bislang nicht so gut gelaufen sei und es habe eben am Arm oder Bein gelegen oder auch nur auf der Hand. Und sie könnten wieder bei null anfangen und seien plötzlich etwas Besonderes und viele Menschen begegneten ihnen mit Mitleid und Anstand und Wärme und überhaupt sei die Erwartungshaltung nicht mehr so groß.

Und es gab Optimisten, die wollten Europa einen, um so für Frieden unter den Völkern zu sorgen, und sie verhandelten und debattierten und schufen eine Gemeinschaft und große Familie und später hieß sie Union. Und die Union wurde größer und man sprach von ENLARGEMENT und SCHENGEN und AQUIS COMMUNAUTAIRE und viele hatten hehre Ziele und Visionen und so weiter. Und andere wiederum träumten von Blut und Boden und Gott und Vorsehung und auch sie waren ganz besonders zuversichtlich.

Und manche sagten, Homosexualität sei eine Sünde, und andere sagten, Homosexualität sei keine Sünde, sondern eine Strafe Gottes, und wieder andere sagten, das eigentliche Problem seien Wollust und menschliche Schwäche und so weiter, und die meisten von ihnen wurden Politiker und Offiziere und Seminarleiter und Lehrbeauftragte, die sich durch ihre Arbeit mehr für die Menschen einsetzen wollten – und die Gesellschaft und deren Fortbestand. Und viele Menschen mögen es gar nicht, dass man sich für sie einsetzt und sie sind misstrauisch gegenüber Regierungen und Politikern und demokratischen Prozessen und so weiter und suchen lieber Zuflucht bei Gott oder Allah oder Huitzilopochtli. Und sie knien nieder und lobpreisen den Herrn und Meister und frohlocken und beten und werfen auch Steine oder zünden Bomben und halten nicht viel von liberaler Erziehung. Und manchmal opfern sie Tiere und Kinder oder nahe Verwandte, je nachdem, und sie nennen das auch HEILIGE SACHE und SENDUNG und GÖTTLICHE MISSION und so weiter und es sei zutiefst ehrenhaft, sich mit seinem Leben für das Wohl aller einzusetzen – der Himmel ein ewiger Lohn. Und viele von ihnen können nicht lesen und schreiben und haben keinen eigenen Haushalt und wissen nichts über Raumfahrt oder iPods oder Peelings oder Power Walking. Und im Osten geht die Sonne auf und im Westen unter und im Süden sind alle Halsabschneider und im Norden Trinker. Und es gibt den Weltraum und viele Planeten und Milchstraßen und schwarze Löcher und niemand weiß, wo alles endet und was Zeit und Raum und Materie wirklich bedeuten und wie alles zusammenhängt. Und keiner kann wirklich sagen, wo Gott wohnt und wie er seine Zeit verbringt, wenn er nicht arbeitet, und ob er sich manchmal verloren fühlt oder sich erst allein so richtig gut entfaltet. Und niemand weiß, was Gott isst und ob man mit ihm reden kann, wenn er Hunger hat oder seine Tage oder so ähnlich, und was er wirklich so von Selbstkritik und Demokratie und Toleranz hält. Und viele Regierungschefs beten täglich und bekommen ihre Anweisungen direkt von Gott und andere wiederum sind ausgesprochene Egomanen und beten gar nicht und halten von Gott überhaupt nichts und ganz andere halten sich für Gott und fühlen sich groß und mächtig.

Und viele Schriftsteller und Künstler und Raumplaner und so weiter sind mit dem Thema Gott schon durch und sie denken lieber an den Tod und stellen sich vor, wie es wohl ist, tot zu sein und auf einem Friedhof herumzuliegen. Und eines Tages starb ein großer Schriftsteller und er wurde begraben und es war ruhig und regnete und hoch oben in den Wipfeln der Bäume wälzte sich Nebel und unten weinte jemand, der dem Mann wohl nahe stand. Und viele seiner Kollegen fanden das lächerlich und sie zerbrachen sich die Köpfe, wie man die Situation retten könne und die meisten wünschten sich insgeheim peppige Inschriften und heiße Tanzmusik und Frauen in schwarzen Miniröcken. Und sie riefen später ihre Notare und setzten Testamente auf und vermachten schon zu Lebzeiten alles dem Hund oder der Katze oder der Haushälterin und konzentrierten sich darauf, wie sie was am besten auf ihrem Grabstein ausdrücken könnten – und warum. Und sie fuhren zu Steinmetzen und konsultierten Friedhofsgärtner und unterbreiteten Vorschläge wie BITTE VERZEIHEN SIE, WENN ICH NICHT AUFSTEHE (Hemingway) und ICH HABE SCHON IMMER GEAHNT, DASS SO ETWAS PASSIERT, WENN ICH NUR LANGE GENUG LEBE (Shaw) und ZURÜCK ZUM STUMMFILM (Gable) und LIEBER GOTT, BEILIEGEND RUBE GOLDBERG –

WAS WIRST DU NUN MIT IHM ANFANGEN? (Goldberg) und EIGENTLICH WÄRE ICH LIEBER IN PHILADELPHIA (Fields) und ER WAR GUT BIS ZU SEINEM ENDE (Schweitzer) und so weiter, aber leider wurde nach ihrem Tod keiner der Wünsche berücksichtigt, da sich die Behörden beharrlich weigerten, pietätlos zu sein. Und im Jahre zweitausend wurde an der Côte d'Azur kurzerhand das Sterben verboten, weil es auf den Friedhöfen keinen Platz mehr gab und ein Bürgermeister meinte, das Gesetz sei zwar absurd, aber unumgänglich, und er erzählte etwas von Aktivisten, die eine Schaffung neuer Friedhöfe in Meeresnähe blockierten, weil mit den Leichen immer mehr Schwermetalle und radioaktive Substanzen und so weiter in den Boden gelangten.

Und viele Männer sind der Meinung, dass Frauen und Aktivistinnen und Managerinnen und Direktorinnen und Richterinnen und Professorinnen und Emanzen und Amazonen und so weiter in gewisser Weise ALIENS seien, und diese Einsicht verpflichtet bis heute. Und als man einmal einen Pilotfilm zu einer Sciencefictionserie drehte, besetzte man den Kapitänsposten des Raumschiffes mit einem (weißen) Mann und die Position der NUMMER EINS (der erste Offizier) mit einer Frau und die NUMMER ZWEI, die eigentlich schon eine NUMMER DREI war, hieß Mister Spock (vom Planeten Vulkan) und der war ein Außerirdischer. Und einem Fernsehsender in Amerika waren das zu viele Aliens auf der Kommandobrücke und man protestierte und schäumte vor Wut und drehte an allen Geldhähnen und war überzeugt davon, dies sei ein falsches Zeichen für die Jugend von heute. Und später wurde die weibliche NUMMER EINS gestrichen – und Mister Spock durfte bleiben und alle waren zufrieden. Und eine Politikerin sagte später, es spreche einiges dafür, dass in den Augen weißer Männer die Frauen noch größere Aliens seien als waschechte Außerirdische – und sie hat nie geheiratet und durfte auch nie Senatorin oder so werden.

Und eine Soziologin meinte, die Frauenbewegung sei eine der wichtigsten Säulen des Widerstandes gegen die schleichende ALIENISIERUNG der Welt, da Frauen die besseren Menschen seien und bestimmt würden die Außerirdischen, sofern es sie gäbe, diese Gefahr erkennen und sich in erster Linie gegen die Frauen wenden. Und eine Autorin schrieb einmal ein Buch und dort begann die Invasion aus dem All so, dass alle Erdenmänner plötzlich einem neuen fanatischen Glauben anhingen, der sie zwang, alle Frauen zu ermorden, und was nach dem Wahn einer fanatischen Sekte aussah, entpuppte sich als Auswirkung eines Virus, den Außerirdische, die sich als Engel ausgaben, auf der Erde verbreiteten. Und die waren wiederum davon überzeugt, so den Planeten vom menschlichen Schädlingsbefall reinigen zu können, und sie glaubten auch, die Ressourcen der Erde seien in ihren Händen viel besser aufgehoben. Und als die letzte Erdenfrau im Sterben lag, erkannte sie kurz vor ihrem Tod die grausame Wahrheit – sie sah einen der Engel und ihr wurde klar, dass er gar kein Engel war, sondern ein Grundstücksmakler. Und eine andere Autorin erfand eine androgyne Gesellschaft, also eine Welt, in der die Menschen kein Geschlecht mehr haben und hin und wieder weiblich oder männlich werden – je nach Lust und Laune. Und nur in diesem Zeitraum können sie Sex haben und Kinder zeugen und jeder Mensch kann Mutter und Vater sein und ist sehr verständnisvoll. Und einige Wissenschaftler meinten, das sei zwar Zukunftsmusik, aber sie könnten sich so eine Gesellschaft gut vorstellen – alle wären toleranter und friedlicher und würden viel besser miteinander harmonieren. Und einer von ihnen war sogar der Meinung, noch besser wäre es, die meisten das ganze Leben lang geschlechtslos zu belassen, und Androgynität sollte nur ganz besonderen Menschen vorbehalten bleiben, also Wissenschaftlern und Politikern und geistigen Eliten und so weiter, und alle anderen sollten arbeiten gehen und Gefahren fernhalten und für Nahrungsmittelvorräte sorgen.

Und im Jahr achtzehnhundertundachtundsechzig wanderte eine zweiundzwanzigjährige Frau von England nach Amerika aus – und sie wollte dort ihren Verlobten heiraten und glücklich und frei sein und wie sich herausstellte, hatte der Mann inzwischen schon eine andere geheiratet, die jünger und hübscher und situierter war, und er meinte nur, dass er ihr das alles doch geschrieben habe, aber der Brief kam offenbar nie an. Und die junge Frau blieb in Amerika und zog herum und arbeitete als Kellnerin und Schuhputzerin und Magd und fand schließlich Anstellung auf einer Farm, wo sie ein paar Wochen lebte, um Gänse und Hühner und so weiter zu füttern. Und alle lachten über sie, weil sie schlecht Englisch sprach und die Wörter ganz falsch betonte und man hielt sie für debil und zurückgeblieben. Und eines Nachts kam der Farmer in ihr Zimmer und vergewaltigte sie, weil sie zu viel mehr wohl nicht nütze sei und die Frau schrie und biss und alles nützte nichts. Und später wurde sie schwanger und der Farmer schlug sie und gab ihr vierzig Dollar und schickte sie weg, bevor sich die Nachbarn das Maul zerreißen konnten und die Frau ging nach Philadelphia, wo sie als Näherin arbeitete und in Hauseingängen schlief und auch noch Läuse bekam. Und kurz vor der Geburt mietete sie sich von ihrem letzten Geld eine unbeheizte Dachstube im dritten Stock und dort saß sie dann auf dem Fußboden und fror und hatte drei Tage lang nichts zu essen. Und als die Wehen einsetzten, rief sie um Hilfe, aber niemand kam und später fand man sie in einer Blutlache, ihr totes Kind daneben. Und eine halbe Stunde später kam die Polizei und die Frau wurde verhaftet und kam vor Gericht, wo man sie zum Tode verurteilte – wegen Kindsmordes.

Und in den Straßen von Ashville in North Carolina und Southbridge in Massachusetts wurde das Niesen strikt untersagt, weil diese Städte ganz besonders auf ihr gesundes Image achten wollten und später verbot man auch das Lesen von Büchern oder Zeitungen oder ähnlichem Schweinekram – die Bibel vorsorglich ausgenommen. Und viele Menschen irritierte das und die örtlichen Behörden erklärten, Lesen sei schlecht für die Augen und belaste die Seele und man werde melancholisch und nachdenklich und eben dem wolle man Einhalt gebieten, weil die Menschen ein Recht darauf hätten, optimistisch und fröhlich und glücklich zu sein. Und in Österreich fanden Marktforscher heraus, dass die Marktsättigung bei Klopapier nur neunundneunzig Prozent betrage und das bedeute, dass ein Prozent der Bevölkerung immer noch Zeitungspapier oder Prospekte oder Geschirrtücher oder so ähnlich verwendet – und offenbar damit ganz glücklich ist.

Und in Portsmouth (Ohio) gibt es sogar ein Gesetz, das Baseballspieler auf eine Stufe stellt mit Stadtstreichern und Dieben und Vergewaltigern und so weiter, und das Gesetz wurde erlassen, als die Baseballmannschaft der Stadt zum wiederholten Male in der Liga abstieg und eine Niederlage nach der anderen einfuhr. Und viele Zeitungen in Ohio schrieben, eine Herde Schimpansen würde besser Baseball spielen als Portsmouth und sie forderten (im Scherz) einen Vergleichskampf und ein Millionär hörte davon und ließ nur so zum Vergnügen ein paar Schimpansen trainieren und die traten dann wirklich an – und Portsmouth verlor. Und in Nebraska ist es Frisören verboten, Männern die Brusthaare zu rasieren, weil das schwul wirke und liberal und sexy und ein ganz falsches Bild von Nebraska vermittele. Und in Newport (Rhode Island) darf nach Sonnenuntergang keine Pfeife mehr geraucht werden, aber manche Leute rauchen ohnehin lieber Joints und hören laute Musik und laufen in Cocktailkleidern herum – was natürlich auch verboten ist. Und in Fitchburg (Massachusetts) dürfen sich Frisöre keinen Kamm hinters Ohr stecken und sie müssen dreilagiges Toilettenpapier verwenden und sind obendrein verpflichtet, sich impfen zu lassen – gegen Hepatitis A und B. Und gemäß einer Verordnung in Texas dürfen Personen nur barfuß gehen, wenn sie vorher eine Sondererlaubnis für fünf Dollar erstanden haben und eine andere Verordnung besagt, dass eine Person mindestens zwei Rinder besitzen muss, bevor sie in aller Öffentlichkeit Stiefel und Lasso und Cowboyhut tragen darf. Und in Clarendon (Texas) wiederum ist es verboten, ein öffentliches Gebäude mit einem Staubwedel abzustauben, und in Lexington (Kentucky) ist es illegal, Eiscremehörnchen in der Hosentasche zu transportieren, und in Pennsylvania wiederum darf während einer Hochzeit kein Revolver geladen werden – auch nicht unter Aufsicht oder mit Erlaubnis des örtlichen Sheriffs. Und einmal hatte ein Mann eine Frau geheiratet und sie standen vor dem Traualtar und er sagte JA, ICH WILL und sie sagte JA, ICH WILL AUCH und als sie sich küssten, fiel ein Schuss und der Mann fiel um und war tot. Und später stellte sich heraus, dass sich der Bruder der Braut gelangweilt hatte und er war einfach so dagesessen und hatte in der Nase gebohrt und nebenher seine Waffe gereinigt und sich nichts Böses dabei gedacht. Und in Province (Rhode Island) ist es untersagt, an einem Sonntag Zahnbürsten und Mundspülungen und OBs zu verkaufen, und wer in Tennessee ein Duell verweigert, darf neuerdings nicht mehr Feigling und Schlappschwanz und Hosenscheißer und Angsthase genannt werden – man nennt die Leute jetzt Pisser oder Schlingel. Und in Uruguay gelten alle Duelle als legal, wenn beide Teilnehmer Blutspender sind und viele Engländer halten das für eine gute Sache und meinen, dass dort wohl viele Gentlemen leben, die nicht nur an das eigene Wohlergehen denken – sondern vor allem an das der Gesellschaft. Und ein texanisches Gesetz verbietet den Besitz von Kombizangen und Flachmännern und Spritzen und in Nicholas County (West Virginia) ist es Pfarrern gesetzlich untersagt, von der Kanzel aus Witze zu erzählen, und in Vermont darf man unter Wasser nicht pfeifen – auch nicht auf Toiletten oder in Restaurants. Und in Arkansas ist es sogar verboten, den Namen des Staates falsch auszusprechen, und manchmal sagten die Leute KRASNASKAS oder ARSACKNAS oder ALASKA oder so ähnlich, aber bald traute sich das niemand mehr und wenn man zu viel getrunken hatte, hielt man sowieso lieber den Mund. Und in anderen Staaten wiederum darf man Arkansas aussprechen, wie man will, und niemand stört sich dran. Und in Iowa ist es Barbesitzern verboten, für ein Konzert eines einarmigen Pianisten Geld zu kassieren und Honorare auszuzahlen, und viele einarmige Pianisten finden das beschämend und reaktionär und empfinden es als Eingriff in die freie Marktwirtschaft. Und in China dürfen Ertrinkende nicht gerettet werden, da so in ihr Schicksal eingegriffen werden könnte und eine solche Einmischung ist verpönt und grausam und barbarisch.

Und in Kanada kann ein Restaurant- oder Hotel- oder Motelbesitzer eingesperrt werden, wenn er keine Unterkünfte für berittene Gäste vorweisen kann und manche Kanadier nennen das scherzhaft STALLORDER, aber die Hotelbesitzer finden das gar nicht lustig und sie protestieren dagegen. Und ein Gesetz in Ägypten besagt, dass einem Arzt beide Hände abgehackt werden dürfen, wenn ein Patient während einer Operation verstirbt, und einmal starb ein Mann, als der Arzt beim Operieren einen Schlaganfall erlitt und der Arzt kam später wieder auf die Beine – doch die Hände waren ab. Und in der texanischen Kleinstadt Argyle (zweitausenddreihundert Einwohner) war es lange Zeit verboten, während der Arbeitszeit zu tratschen oder zu telefonieren oder sich über etwas zu beschweren, und im Jahre zweitausend wurde diese Verordnung aufgehoben, weil man doch mit der Zeit gehen wollte und eine neue Ära anbrach. Und im Jahr siebzehnhundertundfünfundachtzig erließ der französische König ein Dekret, welches festlegte, dass innerhalb der Grenzen seines Reiches die Länge eines Taschentuches gleich seiner Breite zu sein habe, und er hatte oft Schnupfen und mochte es, wenn sich Frauen unten rasierten und parfümierten und wollte auch das gesetzlich regeln, weil auch er fand, dass eine neue Ära anbrach. Und wer früher in Irland einen Haselnussstrauch oder Apfelbaum fällte oder mutwillig beschädigte, wurde mit dem Tode bestraft. Und einmal lief ein Mann in einen nahen Hain und er strahlte vor Freude und jauchzte und sein Herz schlug schnell und als er einen Baum sah, holte er sein Messer hervor und ritzte JUDY LOVES JONATHAN in den Stamm und später wurde er angezeigt und zum Tode verurteilt und Judy weinte – und heute stört es kaum jemanden, dass die Bäume immer weniger werden und der

Regenwald abnimmt und die Monokulturen zunehmen und die Natur vor die Hunde geht.

Und im Jahr neunzehnhundertundsiebenundneunzig verabschiedete man in Minnesota ein Gesetz, wonach alle Landmarken, die den Begriff SQUAW enthielten (insgesamt achthundertundvierunddreißig), umgehend umbenannt werden mussten – zwei Studenten hatten zum Entsetzen aller herausgefunden, dass das Wort SQUAW in der Sprache der (ausgestorbenen) Ojibwa-Indianer VAGINA bedeutete. Und sie hatten sich an die Regierung gewandt und die Menschen solidarisierten sich und gingen auf die Straße und protestierten und schämten sich und suchten Trost und Zuflucht bei der Kirche. Und der Gouverneur ließ wenig später verlautbaren, dass Minnesota niemals wieder Pornografie und Unzucht und so weiter zulassen werde – und er bat alle Bürger, wachsam zu sein. Und in Fairfax (Washington) darf ausdrücklich in Schlafzimmern nur noch geschlafen und in Küchen gekocht und in Kellern gelagert werden und so weiter. Und in Maryland kann sogar das Rauchen eine Zigarette in der eigenen Wohnung mit einer Strafe von siebenhundertundfünfzig Dollar geahndet werden, wenn der Rauch durch Türen und Fenster und Lüftungsschlitze und Wandritzen in die Nase des Nachbarn gerät.

Und laut Verfassung des Bundesstaates Texas ist der Gouverneur verpflichtet, die Grenzen gegen das feindliche Eindringen von Indianern und Mexikanern und anderen Dieben und Räubern zu sichern. Und in South Dakota darf man nach wie vor aus einem Planwagen auf Indianer schießen und viele Menschenrechtsorganisationen kämpfen seit Jahren dagegen an und sagen, das Gesetz sei blanker Hohn und offen zur Schau gestellter Zynismus und so weiter. Und ein ganz ähnliches Gesetz in Oklahoma besagt

MAN DARF IM GESAMTEN BUNDESSTAAT KEINE ÖFFENTLICH SICHTBAREN WAFFEN TRAGEN, ES SEI DENN, MAN WIRD VON EINEM INDIANER VERFOLGT und einmal wollte eine weiße Frau nach Hause gehen und ein Mann folgte ihr und sie bekam schreckliche Angst und als er näher und näher kam, zog sie eine Waffe und schoss schnell zwischen seine Augen. Und sie rief dann die Polizei und sagte, ein Indianer habe sie verfolgt und man solle schnell kommen, und es stellte sich heraus, dass der Tote eigentlich mexikanischer Abstammung war, aber ganz und gar wie ein Indianer aussah. Und einer der Polizisten sagte später bei der Verhandlung, er hätte wohl genauso gehandelt und die Frau sei ja auch sonst gänzlich unbescholten. Und in England wiederum dürfen die Bürger von York bis heute einen Schotten mit Pfeil und Bogen erschießen, wenn sie sich durch ihn bedroht fühlen, aber selbstverständlich denkt niemand auch nur im Entferntesten daran, von seinem Recht Gebrauch zu machen. Und die meisten Schotten finden das gar nicht lustig und sie denken an William Wallace und den schottischen Kampf für Recht und Freiheit und Unabhängigkeit und die Engländer wiederum beklagen ihre vielen Toten und jegliche Diskussion endet mit einem SHUT UP – auf beiden Seiten.

Und in Großbritannien ist es verboten, eine Briefmarke, die den König oder die Königin zeigt, kopfüber aufzukleben, und einmal wurde ein Mann wegen Hochverrats angeklagt, weil ihm ein solches Missgeschick widerfuhr und er wurde verurteilt und verfluchte die Queen und das Empire, weil man ihn zur Strafe einen Tag lang aufhängen ließ – verkehrt herum wohlgemerkt. Und in Arizona ist es verboten, in aller Öffentlichkeit Hosenträger zu tragen, es sei denn, man ist homosexuell oder debil oder magersüchtig.

Und in Australien ist es nur staatlich lizenzierten Elektrikern erlaubt, eine Glühbirne zu wechseln, und einmal rief eine Frau einen Elektriker und der Mann verspätete sich und die Frau wollte nicht länger warten und machte alles selbst – und als der Mann dann doch vor der Tür stand, wurde sie schließlich vor die Wahl gestellt, fünfzig Dollar Strafe zu bezahlen oder ihm einen zu blasen. Und wer in der Bibliothek der britischen Stadt Widnes einschläft, muss zur Strafe fünf Pfund entrichten und die Bibliothekare weisen ausdrücklich darauf hin, wenn sich Mutige ganz besonders dicke Bücher und Schmöker und Gedichtbände und so weiter ausleihen. Und im Jahr zweitausendundeins schlug ein Ratsmitglied aus Cleveland (Ohio) vor, die bei Frauen beliebten Miniröcke und Hüfthosen und Tops und so weiter gesetzlich verbieten zu lassen, aber der Antrag wurde abgelehnt – Gott sei dank, wie manche meinten.

Und viele Menschen beten zu Gott, weil sie sich schwach und unbedeutend und verloren fühlen und sie würden von der ganzen Welt ungerecht behandelt und hätten viel weniger als alle anderen, und Gott gibt ihnen ein Gefühl von Sicherheit, dass jemand da ist, der sie versteht und ihnen zuhört und weiß, dass sie die Guten sind und einfach nur Pech hatten im Leben. Und für ganz viele ist Gott ja so eine Art Zorro und Robin Hood und Superman in einem, der irgendwann in naher Zukunft die Reichen und Mächtigen bestraft und ihnen alles nimmt und die Armen belohnt, weil sie so viel erdulden mussten. Und andere wiederum beten zu Gott, weil sie alles haben und in materiellem Wohlstand leben und zusehends erkennen, dass sie nicht alles kaufen und einnehmen und besitzen und besetzen können. Und ganz andere beten gar nicht, die wissen um ihre Herkunft und Zukunft und lassen Gott dabei aus dem Spiel, weil sie respektieren, dass es ist, wie es ist, und sie wollen bei sich selbst anfangen – um die Welt zu ändern. Und Gott schuf alles Leben und kann damit tun, was er will, weil es ihm gehört und wenn es ihm gefällt, kann er die Menschen in verschiedene Lager teilen und ihnen dieses und jenes zuflüstern und sie gegeneinander kämpfen lassen oder mit Naturkatastrophen auf Trab halten und die Menschen glauben dann, an allem Leid und Unglück seien lediglich andere Menschen schuld, die in ihrer Habgier und Ignoranz und Wollust und so weiter das Schicksal aller Menschen auf der Welt negativ beeinflussen – aber nie sind es sie selbst oder Gott.

Und manchmal kommt Gott einfach vorbei und bringt etwas Neues – zum Beispiel Gesang oder Tanz oder Gebet oder eine neue Art von Schmerz und Tod. Und wenn das einmal passiert, dann ist es getan und niemand kann die Dinge, die fortan existieren, in irgendwelche Träume zurückdrängen oder ihnen sonstwie ein Schnippchen schlagen – durch Mauern und Heucheln und Leugnen und so weiter. Und wann immer es neue Gesänge gibt, werden sich Menschen finden, die aus tiefster Überzeugung singen, und wann immer es neue Tänze gibt, werden sich solche finden, die tanzen und ihre Hüften schwingen und einander führen, Schritt um Schritt. Und andere wiederum werden beten und ganz neue Worte in ihre Evangelien schreiben und so tun, als ob alles daran hinge, ihr Seelenheil und das Wohl der Welt und aller anderen Welten. Und wenn es erst einen neuen Schmerz gibt, werden ihn viele ausprobieren und anderen zufügen und später erzählen, sie (und Gott) hätten ihre Gründe und so schlimm sei das alles gar nicht. Und wenn eines schönen Tages ein völlig neuer und schrecklicher Tod auf Erden weilt, werden ihn die Menschen sofort zu ihren Gunsten nutzen und auf ihren Vorteil bedacht sein und sie werden anderen diesen Tod wünschen und ihnen beim Sterben zusehen und dabei Popcorn essen oder Bier trinken oder so ähnlich und es wird später keinen Sinn mehr machen, so zu tun, als wüsste man nicht, wie es ist, andere zu töten – sie auf eine Art und Weise umzubringen, die alles bislang Dagewesene in den Schatten stellt.

Und manchmal bringt Gott den Menschen ganz neue Redensarten und es heißt dann nicht mehr GEBEN IST SELIGER DENN NEHMEN oder ALLES GUTE KOMMT VON OBEN oder so ähnlich, sondern ganz anders. Und oft sind Redensarten ja gut, da sie den Menschen Halt geben und die Welt überschaubarer machen und einfach alles auf den Punkt bringen, weil sie einem die Dinge gleich in den Mund legen und man sich gar keine Gedanken mehr machen muss. Und einmal lief ein Mann einen Berg hinab und der meinte, Gott persönlich habe ihm einiges aufgeschrieben und wenn man sich daran halte, werde das Paradies auf Erden herrschen – für immer und ewig. Und ein anderer Mann wiederum grub ein tiefes Loch, da er der Ansicht war, Gott wohne irgendwo tief in der Erde und warte nur darauf, dass ihn Menschen dort für sich entdeckten. Und viele andere Menschen halfen ihm bei der Arbeit, da sie von seiner Idee begeistert waren – und Gott würde sich bestimmt auch sehr freuen. Und als das Loch immer tiefer wurde und man irgendwann nicht mehr weitergraben konnte (aus technischen Gründen), fingen die Menschen Maulwürfe und die bekamen Namen und wurden geweiht und später in das Loch geworfen, damit sie für die Menschen weitergrüben. Und eines Tages fiel ein kleiner Junge beim Spielen in den Schacht und man hörte nie wieder etwas von ihm und seine Familie war traurig, aber auch sehr stolz, weil er wahrscheinlich der erste Mensch sein würde, der Gott persönlich kennen lernte. Und wieder ein anderer Mann dachte, Gott habe ein Haus auf einem ganz hohen Berg im Himalaya, und er brach zu einer Expedition auf, um ihn zu besuchen. Und vorher inserierte er in Zeitungen und war zu Gast in Talkshows und er bat die Menschen, Gott zu schreiben, und er würde die Briefe dann persönlich übergeben. Und viele dachten sich, der Mann habe nicht mehr alle Tassen im Schrank, aber er war im Fernsehen. Und viele Kinder schickten ihm Wunschzettel, weil sie dachten, Gott sei so eine Art Weihnachtsmann – und der wieder hätte darüber nur den Kopf geschüttelt. Und als der Mann aus dem Himalaya zurückkam, musste er eingestehen, dass er Gott nicht gefunden hatte und auch kein Haus und die ganzen Briefe unterwegs einfach weggeschmissen. Und ein andermal sah ein Mann ein dicht behaartes Wesen in den Bergen und er sprach später von einer mystischen Erfahrung und Sensation und Bewusstseinserweiterung und so weiter und war daraufhin Gast in Talkshows und stand in allen Zeitungen.

Und in Europa haben sie viele Redensarten und Sprichwörter und es heißt TÜDRUKUNA TUI, NAISENA NUI (Als Mädchen eine Taube, als Frau ein Knüppel) und ADEL IS EENE DUNNE SCHOTELSPIJS (Adel macht den Kohl nicht fett) und NIE DBA ORZEL O MUCHY (Adler fangen keine Fliegen) und EL AGUILA NO SE DIVIERTE NOC CAZAR MOSQUITOS (Ein Adler macht sich nichts aus Moskitos) und ANIMUS EXCELSUS RES HUMILES DESPICIT (Ein erhabener Geist verachtet niedrige Dinge) und QUI MAL COMMENCE, MAL ACHÈVE (Böser Anfang, böses Ende) und GONOSZ EREDETNEK GONOSZ A VEGE (Schlechter Anfang, schlechtes Ende) und IL BUON

MARINARO SI CONOSCE AL CATTIVO TEMPO (Den guten Seeman erkennt man beim schlechten Wetter) und NIEMIEC JEST WYSOKI JAK TOPOLA, ALE GLUPI JAK BUT (Der Deutsche ist groß wie eine Pappel, aber dumm wie eine Bohne) und GAJAH TU MATI, TAPI TAK SEORANG PUN TEMUI BELALAINYA (Der Elefant stirbt, aber niemand findet seinen Rüssel) und CAN QUE MUERDE NO LADRA EN VANO (Der Hund, der beißt, bellt nicht grundlos) und DER HUND, DER IM DUNKEL AUFWUCHS, BELLT SOGAR DIE SONNE AN und CHIEN QUI VEUT MORDRE N'ABOIE PAS (Hunde, die bellen, beißen nicht) und NO-ONE IS BORN AS MASTER und WEM GOTT EIN AMT GIBT, DEM GIBT ER AUCH VERSTAND und LA SAGESSE VIENT AVEC LES EMPLOIS (Übung macht den Meister) und QUIEN DEL ALACRÁN ES PICADO, LA, SOMBRA LE ESPANTA (Wen der Skorpion gestochen hat, der fürchtet sich vor dem Schatten) und EINE HÄSSLICHE DIRNE BRAUCHT VIEL GELD FÜR DEN SCHLEIER und KADIN YATAKA, BEBEK BEŞIKTE SEVELIR (Die Frau liebkost man im Bett, das Kind in der Wiege) und FEMME AIME COMME ELLE PEUT ET HOMME COMME IL VEUT (Die Frau liebt mit dem Herzen, der Mann mit dem Kopfe) und EINE WEISSE KUH GIBT KEINE MILCH und EINE WELLE TREIBT DIE ANDERE und EINE WILDE GANS LEGT NIE EIN ZAHMES EI (Eine wilde Gans legt nie ein zahmes Ei) und ÜTSINDÄ SUSI OM ÕNNEKAP (Allein ist der Wolf glücklicher) und VAENE ROTT, KEL ÜKS AUK (Arm ist die Ratte, die bloß ein Loch hat) und IN A CALM SEA EVERY MAN IS A PILOT und A VIEILLE MULE, FREIN DORÉ (Altem Esel schöner Sattel) und A ROLLING STONE GATHERS NO MOSS und OM ŞA FI NU NEAMŢ (Sei ein Mensch, kein Deutscher) und so weiter und so weiter.

Und in Polen haben sie für alles ein Sprichwort und es heißt ZDECHLEGO PSA SIE NIE KARMI (Ein toter Hund wird nicht gefüttert) und NA POCHYLE DRZEWO KAZDA KOZA

WSKOCZY (Auf einen niedrigen Esel kann jeder steigen) WE MGLE WILKI UCIEKAJA (Bei Nebel gehen die Wölfe stiften) und so weiter und es gibt viele Wild- und Haustiere und man füttert sie reichlich und erzählt gerne Geschichten über Feld und Wald, über den Tod und das Wetter. Und die Geschichte des Universums begann als Allegorie und da war Gott mit seinem weißen Bart und den gütigen Augen und er wirbelte um die eigene Achse und schleuderte Stern um Stern von sich, die irgendwo dann ihren Platz fanden – und das nannte man Schöpfung. Und polnische Hunde beißen nicht und wenn man sie füttert und streichelt, werden sie anhänglich und holen Stöckchen und gehen Gassi und sind auch sonst ganz lieb – und das wiederum nennt man Erziehung. Und eigentlich stammt der Hund ja vom Wolf ab und der hat noch gejagt und getötet und sich einen Dreck um Menschen (also auch um Polen) und Erziehung geschert. Und wie alle Menschen stammen die Polen vom Affen ab, auch wenn der Papst etwas ganz anderes behauptet und eine serbische Ministerin sagte unlängst, es sei ausgesprochener Unsinn zu behaupten, der Mensch stamme vom Affen ab, und wissenschaftlich sei das gar nicht haltbar und sie verbot an allen Schulen die Evolutionstheorie und so weiter und ließ sogar Schulbücher umschreiben und Lehrer umschulen, auch solche, die ganz und gar davon überzeugt waren, dass an dieser Theorie schon etwas dran sein müsse. Und eine junge Türkin wiederum beschwerte sich über eine Arbeitskollegin, dass diese über Evolution rede, als sei es eine Wissenschaft – diese habe behauptet, alles sei durch Zufall und Biologie und Chemie und so weiter entstanden, selbst dann, als sie ihr unmissverständlich erklärt habe, dass das alles Quatsch sei und Allah sie strafen werde. Und ein polnischer Arbeiter sagte einmal, der Verstand könne mitunter ganz schön rosten, und in der Kantine meinten sie, an ihm sei ein Philosoph verloren gegangen, und man mied ihn fortan und später wurde ihm gekündigt und er trank viel Alkohol und sprach gar nichts mehr.

Und die Polen glauben an den Teufel und der Teufel selbst glaubt an Polen und früher roch die Luft über den Feldern nach Asche und goldenem Haar und irgendwann roch es wieder nach Rosenhecken und Hibiskusblüten und Weizen und der Teufel zog fort, ein Nomade, mit seinen Hörnern einer Ziege nicht unähnlich. Und ein polnischer Dichter sagte einmal, ein Kuss solle ein Kuss sein und keinen Wertewandel evozieren, und einander zu küssen bedeute, eins zu werden mit der Sprache des Herzens und allen anderen Dingen, die darin seien – wohingegen ein Raum ohne Wahrheit nur ein Schacht nach unten sei. Die Polen aber mieden auch ihn und meinten, jemand, der Gedichte schreibe, sei nicht ganz dicht, und er solle lieber arbeiten gehen und etwas Sinnvolles machen, Feldarbeit und Schweine füttern und Kühe melken und heiraten – zum Wohle der Gesellschaft.

Und einmal wurde eine Polin vergewaltigt und sie ging zum Arzt und der entschied, dass sie das Kind bekommen müsse, weil er eine Abtreibung nicht mit seinem Gewissen vereinbaren könne, und die Frau war verzweifelt und schrieb an ein Menschenrechtskomitee, das sich für die Rechte von Frauen einsetzte, und das wiederum schrieb an die Republik Polen und meinte, Frauen hätten selbst ein Gewissen und müssten doch darüber entscheiden können, ob sie ein Kind wollten oder nicht. Und ein Bischof bezweifelte, dass Komitees und Frauen überhaupt in der Lage seien, gewichtige Entscheidungen zu treffen, da sie doch unmöglich das Recht hätten, über das moralisch

Gute und Schlechte urteilen zu können, und sie, die Komitees und Frauen, wären gut beraten, sich mehr von Gewissen und Moral und Anstand leiten zu lassen, das sei die wichtigste Pflicht des Menschen überhaupt. Und ein anderes Komitee gab eine Studie in Auftrag, die sich mit dem Thema Gewalt in polnischen Familien auseinander setzte, und die Ergebnisse waren schockierend und beschämend und prekär, denn man stellte fest, dass die Polen gern ihre Frauen und Kinder und Tiere schlagen, mehr noch als alle anderen in Europa. Und das Komitee ließ zerschrammte Frauen- und Kinder- und Hundeschnauzen fotografieren und überall in Polen plakatieren und darunter stand DIE SUPPE WAR ZU SALZIG oder ICH WAR VORLAUT oder HOLT KEIN STÖCKCHEN oder so ähnlich.

Und in Frankreich haben sie für alles ein Sprichwort und es heißt KEIN KNOCHEN SCHÄRFT DAS BEIL WIE DIE ZUNGE EINES WEIBES und A MAUVAIS CHAT MAUVAIS RAT (Der bösen Katze eine böse Ratte) und LE DERNIER, LE LOUP LE MANGE (Den letzten beißt der Wolf) und so weiter. Und einmal drehte ein Mann einen Film über eine Farm in Afrika und vielen Franzosen gefiel das und sie flogen hin und hatten bald eigene Häuser und Farmen und Privilegien und sie drehten selbst kleine Filme über ihr Leben in Afrika – mit dem Camcorder. Und später gab es Krieg und die meisten Franzosen bekamen Angst und flogen wieder nach Europa und erzählten etwas von Wilden und Mördern und Vergewaltigern – und die französische Armee schoss alles kurz und klein.

Und ein französischer Philosoph sagte einmal, Franzosen, die tragen im Herzen keine Farbe, nur Schmerz und Mandelbitter, aber die Mehrzahl der Franzosen hielt das für schlicht gelogen und identifizierte sich mit ganz anderen

Parolen und Redensarten. Und berühmte Parolen waren QUI S'EXCUSE S'ACCUSE (Wer sich entschuldigt, klagt sich an) oder L'ENFER, C'EST LES AUTRES (Die Hölle, das sind die anderen) oder CORRIGER LA FORTUNE (Dem Glück nachhelfen) oder so ähnlich und sie alle besagten, Franzosen hätten immer Recht und Frankreich sei die crème de la crème und wisse, wo es lang gehe und ziere das Bouquet Europas und so weiter. Und einmal regnete es und alle Flüsse traten über die Ufer und alle Franzosen waren plötzlich Avantgardisten und am Grab von Jim Morrison brannte das ewige Licht. Und französische Damen lieben Herzschmerzgeschichten und Austern und Schnecken und so weiter und ihre Hunde heißen ZOUZOU und LIZOU und MACHEREBELLE und sie haben einen exquisiten Coiffeur und man hält sie am besten an der langen Leine. Und am Grab von Jean Paul pinkelte ein Hund auf weiße Nelken und später biss der sogar ein kleines Mädchen namens Angélique und das hätte Jean Paul gar nicht gefallen.

Und in England haben sie für alles ein Sprichwort und es heißt THERE ARE PLENTY OF FISH IN THE SEA und IT IS NOT FOR ASSES TO LICK HONEY und FOOLS RUSH IN WHERE ANGELS FEAR TO TREAD und so weiter. Und alle Engländer lieben das Commonwealth und Harrods und Rolls-Royce und Earl Grey und Union Jack und einmal sagte ein englischer Lord zu seinem Butler WAIT AND SEE (Abwarten und Tee trinken) und der Butler nahm das zu wörtlich und setzte sich hin und trank Tee und der Lord hat ihn sofort gekündigt. Und ein anderer englischer Lord lud seine Freunde regelmäßig auf sein Schloss ein und sie tranken dort Whisky und Gin und alle waren sie SIRS bis auf den Butler, der hieß James. Und englische Lords mögen Hunde und Ladies und englische Hunde sind treu und ergeben und englische

Ladies sind anmutig und marvellous und so weiter und man hetzt sie (die Hunde) auf Füchse und Rehe, hoch zu Ross.

Und einmal erschlug ein Engländer einen anderen Engländer mit dem Regenschirm und die SUN titelte OUT OF THE FRYING-PAN INTO THE FIRE (Vom Regen in die Traufe) und ein andermal hatte ein Engländer eine Bank überfallen und zehntausend Pfund geraubt und auf seiner Flucht erschoss er versehentlich eine Passantin, die aus Indien stammte und die gerade etwas Curry holen wollte fürs Abendbrot. Und am Grab von Jim Morrison ritzte eine englische Frau JIM NIMM MICH! in den Stein und auf dem Times Square rief eine englische Frau einmal FUCK THE YELLOW PRESS und sie stürzte sich vor einen Bus und starb und später stellte sich heraus, dass ihr Mann bei einer großen Boulevardzeitung arbeitete und dort jede Menge Überstunden schob – mit seiner Sekretärin. Und nackter Fels ist nackter Fels und in England regnet es mehr als anderswo in Europa, was die Insel weiter vom Festland spült.

Und in Deutschland haben sie für alles ein Sprichwort und es heißt DER FISCH KOMMT NICHT VON ALLEIN IN DIE HOSE und DEM WOLF UND DEM SCHWEIN ENTKOMMT DIE SEELE NICHT und DAS KNIE IST NÄHER ALS DIE WADE und so weiter. Und Heinrich Heine wiederum hielt nicht so viel von Redensarten und er schrieb und trank und gern auch über den Durst und deutsche Hunde trinken auch und sind ordentlich und springen über Hecken und Zäune, wohingegen deutsche Dichter nur ordentlich trinken oder schwul sind – oder suizidal oder herrisch. Und alle Deutschen haben einen Regenschirm und stellen sich unter, wenn es regnet und eine deutsche Hiphopband sang einmal IMMER WENN ES REGNET und sie sangen von einer Frau namens Anna und die war angeblich ein Hiphopfan. Und alle Deutschen mögen Musik und Fußball und Aldi und leben in einer Spaßgesellschaft und aus Spaß wird schnell Ernst und hoch im Norden leben weiße Bären und die stellen Pinguinen nach und Robben. Und im Grab von Heinrich Heine lag schon seine Kleine, so dass man's schnell verschloss.

Und in Deutschland gibt es den Tod und der sieht dich genau und einmal bekam einer eine SMS, da stand JIM MORRISON LEBT – DEINE GRETE. Und links von Deutschland ist Frankreich und rechts davon Polen und irgendwo oben England und hinter England weitab gibt es weiße Bären und die fressen siebzehn Kilogramm rohes Fleisch, wenn der Tag lang ist und sie gehen mit der Zeit, denn manchmal fressen sie mehr und manchmal weniger. Und einmal fuhr ein Deutscher in die Antarktis und er schoss sich dort einen Bären und schnitt ihm den Kopf ab und gerbte sein Fell und brachte alles seiner Frau mit, die sich daraus einen neuen Mantel nähen ließ. Und als sie später auf eine Cocktailparty gingen, waren alle so begeistert, dass sie den Mann darum baten, ihnen ebenfalls einen Bären zu schießen, es möge kosten, was es wolle. Und der Mann flog daraufhin erneut in die Antarktis und schoss dort einhundertachtunddreißig weiße Bären, die alle zu exklusiven Mänteln verarbeitet wurden oder Handtaschen oder Schals oder so ähnlich. Und als einige Tierschützer davon erfuhren, brachen sie in Tränen aus und wurden sehr wütend und einer von ihnen wartete eines Tages auf den Mann, als der von der Arbeit nach Hause fuhr und erschlug ihn mit einem Aschenbecher.

Und in Österreich baut sich jeder ein Haus und hält sich für wichtig und fährt gern Mercedes oder Audi oder BMW und es gibt Schrebergärten und Jodlerjausen und im

Hotel Sacher haben sie Sachertorten und die schmecken nach Zucker und Schokolade und ein Kellner im Frack serviert den Kaffee und sagt BITT SCHÄ GNÄ FRAU oder so ähnlich. Und Fiaker kutschieren Touristen und es gibt auch noch Mozartkugeln und Pferdeleberkäs. Und in Österreich haben sie für alles ein Sprichwort und es heißt DIE TRÄUME DER KATZEN SPIELEN NUR UNTER MÄUSEN und NUR EINE KRANKE ENTE FÜRCHTET SICH VOR DEM WIESEL und ÄKTSCHN BRINGT SÄTISFÄKTSCHN und so weiter und es ist längst nicht alles so schlimm, wie man glaubt, aber viel schlimmer, als man denkt. Und österreichische Hunde sind wie deutsche Hunde, nur etwas kleiner und gedrungener, hingegen sind österreichische Adler groß und mächtig und jagen Tiere, die noch größer und mächtiger sind als sie selbst. Und einmal sah in den Alpen ein Österreicher einen Adler auf einem Felsen, der später einem anderen Österreicher auf den Kopf fiel, und der Mann war tot. Und am Grab von Jim Morrison saß auch schon ein Adler, aber die meisten Österreicher mögen Jim Morrison nicht, die mögen Traditionen und Brauchtum und Volksmusik und Gamsbärte und Zillertaler und Wallfahrten und Heurigen und Musikantenstadl. Und rechts von Österreich liegt Ungarn und irgendwo oben Tschechien, irgendwo oben.

Und in Italien haben sie für alles ein Sprichwort und es heißt I MIGLIORI ALBERI SONO I PIU BATTUTI (Nur auf Bäume, die Früchte haben, wirft man mit Steinen) und LA NOCE NOCE ALLA VOCE (Nüsse schaden der Stimme) und NOVELLA CATTIVA PRESTO ARRIVA (Schlechte Kunde kommt immer zu früh) und so weiter. Und viele Italiener behaupten, ihre Mamma koche die wunderbarste Pasta und Pizza und Zuppa und so weiter, aber vor gar nicht allzu langer Zeit lebten in Italien vor allem Faschisten und die wiederum hielten sich für den Nabel der Welt und auch deren Mammas hatten für sie Pasta gekocht und alle waren im Aufbruch in eine neue und wunderbare Zukunft. Und in Italien spielen sie besseren Fußball als in England und in England spielen sie besseren Fußball als in Italien und in Deutschland spielen sie guten Fußball und in Österreich spielen sie nur. Und in Italien ist nackter Fels nur nackter Fels, aber es kann schon sein, dass darauf Oliven blühen, grün und saftig. Und einmal legte eine Italienerin ihren Slip auf Jim Morrison, aber da war er schon tot und ein Hai fraß im Hafen von Genua eine deutsche Touristin und der wiederum kann wesentlich mehr als siebzehn Kilo Fleisch essen und ein österreichischer Adler ist dagegen ein Lercherl.

Und in Ungarn haben sie für alles ein Sprichwort und es heißt A RÉGI KÖLCSÖNÖZÉS SE AJÁNDÉK (Aufgeschoben ist nicht aufgehoben) und CSAKIS EY PAPRIKA CSINÁLHAT KEDVET AFRIKÁHOZ (Nur ein Paprika macht Lust auf Afrika) und A SZÉP ALMÁKBAN IS VANNAK SAVANYÚK (Schöne Äpfel sind sauer) und so weiter. Und ein Ungar ist mindestens so viel wert wie drei Slowaken, aber drei Slowaken sind nicht wirklich viel und so behaupteten einige Ungarn, sie seien mehr wert als hundert Slowaken, und in Ungarn gibt es keine wirkliche Grenze nach oben hin. Und ungarische Hunde haben lange Beine und riechen den Schnee, noch bevor er fällt, und slowakische Hunde haben platte Schnauzen und sind gedrungen und hinterhältig. Und Ungarn ist ein schönes Land und es kommen viele Touristen nach Budapest und statistisch gesehen wird jeder vierte Tourist bestohlen und beschwert sich später. Und es kommen ganz viele Chinesen nach Budapest, die unter sich bleiben und Geschäfte machen und Streitigkeiten regeln und Ähnliches, und bei einer Volkszählung stellte sich einmal heraus, dass sie ihre Papiere und Pässe und Identitäten untereinander weitervererben und es kommen dann andere Chinesen und nehmen ihre Plätze ein und machen Geschäfte und so weiter – die amtliche Sterberate liegt jedenfalls bei null Prozent. Und Ungarinnen haben schöne Beine und manchmal machen sie ihre Beine breit und drehen billige Pornofilme, aber nicht ganz so billige wie Slowakinnen oder Rumäninnen oder Polinnen oder Ukrainerinnen oder Bulgarinnen und so weiter. Und die Ungarn sind stolz auf ihre ruhmreiche Geschichte und sie erzählen sich gerne Geschichten von der nationalen Wiedergeburt und der Monarchie und dass früher alles einfach und der Kaiser ein gütiger Mann war und heute sei nichts mehr so wie ehedem. Und der Apfel fällt nicht weit vom Stamm und in ungarischen Äpfeln gibt es manchmal Würmer und einmal warf ein Ungar mit einem faulen Apfel nach einem Slowaken, weil dieser zu lang in seine Richtung geschaut hatte und der Slowake versicherte, er habe lediglich die schöne Landschaft bewundert. Und der Ungar lief zu ihm hin und schrie, er solle sich lieber schnell verpissen.

Und in Tschechien haben sie für alles ein Sprichwort und es heißt NEOKUSIV HOŘKÉHO NEJSI HODEN SLADKÉHO (Wer das Bittere nicht kennt, weiß das Süße nicht zu schätzen) und PŘIJEDE ÚŘEDNÍK, NEBÝVÁ BEZ KOLÁČE (Auch ein Beamter hat Süßes im Gepäck) und CERVIVA JABLKA ZE STROMU LETI (Fauler Apfel fällt vom Stamm) und so weiter. Und selbst Ameisen leben in der Wahrheit, aber in einer sehr kleinen, wohingegen kleine Wahrheiten nicht für einen Tschechen taugen. Und einmal lief ein tschechischer Hund bei starkem Regen nach Österreich und schwängerte in Zwettl eine preisgekrönte Schäferhündin namens GERHILDE VON WINTERFELS I. und bald darauf bauten sie den Eisernen

Vorhang und nackter Fels war nackter Fels und der tschechische Hund wurde erschossen und der österreichische Hundezüchter ertränkte die Welpen in einer Regentonne, gleich hinter dem Haus. Und ein tschechischer Dichter schrieb einmal ein Buch, wonach ein Hahn den Tod schreckt, aber der Tod war auch in Böhmen oft zu Gast, was tschechische Hähne nicht sonderlich auszeichnet. Und die Tschechen töten gerne Schweine und Karpfen und Gänse und machen Volksfeste daraus und Folklore ist überhaupt sehr beliebt und einmal drehte ein westlicher Produzent einen Pornofilm und die Tschechinnen kamen in Trachten und die Tschechen machten ein Volksfest daraus und Jim Morrison blies nur der kalte Wind um die Ohren. Und links von Tschechien ist Deutschland und etwas weiter rechts Russland und das war nicht immer so gut.

Und in der Slowakei haben sie für alles ein Sprichwort und es heißt DNĚSKA ROB, ZAJTRA HOP (Arbeite heute und feiere morgen) und PEKNÁ KLIETKA VTÁČKA NENAKRMÍ (Ein schöner Käfig füttert den Vogel nicht) und TVRDÉ RANY DOBŘE UČIA (Harte Stöße lehren gut) und so weiter. Und ein slowakischer Linguist schrieb davon, dass man einen Tschechen an seiner miserablen Aussprache erkenne und das Slowakische sei weicher und melodischer und habe noch Rückgrat und Format und Stil. Und es heißt, ohne die Tschechen sei man besser dran, weil die Slowaken nun eine Sprache und Grenze und Behörde und Partei und eben eine ganz eigene Stimme hätten. Und ein Europa ohne die Slowaken gilt als völlig undenkbar, was aber Österreicher und Tschechen und Ungarn und so weiter wieder ganz anders sehen. Und als es noch den Eisernen Vorhang gab, liefen siebzehn junge Slowaken bei Nacht und Nebel über die Grenze nach Österreich und sie wurden als Helden gefeiert und erhielten Asyl und studierten und heirateten und sind heute Ärzte und Rechtsanwälte und Lehrer und Antiquitätensammler. Und die meisten Slowaken im heutigen Österreich arbeiten im Gastgewerbe und Jim Morrison wiederum hat nie im Gastgewerbe gearbeitet, der hat gekifft und Musik gemacht und Partys gefeiert, und das tun die Leute heute noch an seinem Grab.

Und in Spanien haben sie die ETA und man tanzt Flamenco und trinkt Rioja und viele Europäer haben schon in Spanien Urlaub gemacht und drei Viertel aller Spanier waren noch nie in Frankreich oder England oder Skandinavien, geschweige denn in der Slowakei. Und in Spanien haben sie für alles ein Sprichwort und es heißt TODOS LOS REFRANES SON VERDADEROS (Alle Sprichwörter sind wahr) und A LA MUJER Y A LA GALLINA TUERCELE EL CUELLO Y TE DARA LA VIDA (Dem Weib und der Henne die Gurgel umgedreht und sie gibt dir das Leben) und UN TORO GRANDE TIENE COJONES GRANDES (Ein großer Stier hat große Hoden) und so weiter und ein Torero habe zwar kleinere Hoden, aber der Stier sei trotzdem chancenlos. Und vor seinem Tod darf der Stier noch viele Kühe besamen und ein Torero darf das nicht – jedenfalls nicht in diesem Ausmaß. Und eines Morgens fuhren viele Spanier mit dem Zug zur Arbeit und dachten sich nichts Böses und es war das Letzte, was sie dachten, denn die Züge explodierten und sie kamen nie irgendwo an. Und der spanische Fußball ist besser als der italienische und französische und englische zusammen, es kommt einfach auf die Einstellung an und daran hat es in Spanien nie gemangelt. Und Niederlagen sind bitter und Spanier können sie kaum fassen und an ihren Stränden liegen manchmal Leichen aus Afrika, die später in der Sonne brutzeln und stinken. Und der Regen fällt mäßig und die

Hunde sind verwahrlost und haben Flöhe und Krätze und einmal war eine Spanierin voller Flausen und sie konnte nicht schlafen und ging spazieren und sie traf Jim Morrison, der sich gerade auf ein Konzert einstellte. Und Jim lud sie ein und später hat sie ihm einen geblasen und er schrieb daraufhin LIGHT MY FIRE und die Spanierin fühlte sich sehr geschmeichelt.

Und in Portugal haben die Züge immer Verspätung und die Hunde sind hungrig und die Frauen hübsch und heißblütig und immer willig. Und in Portugal haben sie für alles ein Sprichwort und es heißt CADA FORMIGA TEM SUA IRA (Auch die Ameise hat ihren Zorn) und O QUE VEM DA GALINHA CACAREJA (Was von der Henne kommt, das gackert) und O AMOR GOSTA DE BANHAR NO MAR (Die Liebe badet gern im Meer) und das Wasser schäumt dann ganz besonders schön. Und die Portugiesen haben Angst vor Anschlägen und essen mit Messer und Gabel und wenn sie in die Oper gehen, stecken sie einander Blumen ins Knopfloch und tragen auch Krawatten, aber ein durchschnittlicher Portugiese kann es sich kaum leisten, in die Oper zu gehen, und so gehen Portugiesen viel lieber fischen oder so ähnlich. Und Jim Morrison aß gern Fisch und Hemingway und Putin und Mao Tse Tung und James Bond und Tony Curtis und Fidel Castro auch – und alle tranken gern Whisky und Cognac und Rotwein dazu und scherten sich wenig um die Etikette bei Tisch. Und viele Portugiesen sind der Meinung, sie (die Portugiesen) hätten eine innigere Beziehung zum Meer als die Spanier und Italiener und Franzosen und sie seien auch wesentlich bessere Seefahrer und Kapitäne. Und die meisten Pornofilme in Portugal kommen aus Osteuropa und einige wenige aus Afrika, aber bei weißen Frauen sehe man ohnehin alles besser und die

Männer mögen das lieber und Afrikanerinnen seien oft nur ein Schwarzes Loch.

Und in Holland haben sie für alles ein Sprichwort und es heißt EIN ROHR BEUGT SICH NICHT IM WIND und NEEM EEN JONGE VROUW VAN TWINTIG EN EEN VRIEND VAN HONDERT (Nimm eine junge Frau von zwanzig und einen Freund von hundert) und GEEN WINDMOLEN WERD VOORTGEBOUWD OP EEN DAG (Keine Windmühle wurde an einem Tag erbaut) – was rein technisch gesehen schon möglich ist. Und die Holländer gelten als liberal und weltoffen und sie selbst behaupten, dass sie liberaler und weltoffener als andere Völker seien, was Amerikaner und Jamaikaner und Madagassen und so weiter wieder ganz anders sehen. Und ohne holländische Fußballer geht in Europa rein gar nichts und in den Grachten von Amsterdam sterben viele Fische und Muscheln und die Zeit heilt alle Wunden. Und die meisten Künstler lieben Amsterdam und viele Musiker singen darüber und einmal sang auch David Bowie ein Lied über Amsterdam und da war er noch jung und stark geschminkt und alle dachten, er sei schwul und zurückgeblieben, und er selbst meinte, er sei, wie er sei – und das gehe niemanden etwas an. Und holländische Hunde sind relaxt und viele Holländer erholen sich in Kaffeehäusern oder Parkanlagen und sehen ihren Hunden zu und alles ist beschaulich und langsam. Und die Holländer lieben Käse und Blumen und Fahrräder und Moderatoren und trinken ausländischen Rotwein, weil sie selbst keinen haben und fahren gern campen, was die Tschechen auch gern tun. Und Felsen gibt es in Holland kaum und wenn der Meeresspiegel nur unwesentlich steigt, müssen sich die Holländer ganz schön was einfallen lassen. Und viele Holländer können nicht schwimmen und tauchen noch weniger und wenn irgendwann die Gletscher schmelzen und Europa fluten, dann kann es schon passieren, dass auch am Grab von Jim Morrison das ewige Licht erlischt und sein Sarg davongespült wird (wohin weiß heute noch niemand).

Und einmal wollte ein Mann das Mittelmeer trocken legen, weil er dachte, dass so ein Projekt die Menschen eine und ihnen Hoffnung gebe und so weiter, und er wünschte sich eine schönere und bessere Welt, in der alle Menschen gemeinsam arbeiten und sich grüßen und mögen. Und viele Politiker fanden das gut (vor allem in Amerika) und sie unterstützten ihn und investierten Zeit und Geld und ihre Wissenschaftler behaupteten, man könne sehr viel Energie aus dem Meer gewinnen und Bauland und Nutzflächen und Parkanlagen und Parkplätze und so weiter – aber bald schon erfand man das Erdöl und die Atomkraft und die Politiker investierten ihre Zeit in diese Projekte und der Mann starb später bei einem Autounfall und das Mittelmeer wurde nie trocken gelegt. Und heute meinen die Wissenschaftler, die Menschheit müsse dankbar sein, da sich sonst Meeresspiegel und Klima für immer verändert hätten und es wäre ein großes Disaster geworden.

Und in Irland haben sie für alles ein Sprichwort und es heißt ABRECHNEN IST DAS ENDE DER FREUNDSCHAFT und DIE BREITE ALLEIN MACHT DAS MEER NICHT und DIE SCHLAFENDE GARNELE WIRD VON DER FLUT WEGGETRAGEN und so weiter. Und die Iren haben keine Angst vor Anschlägen und der IRA kommt das gelegen und viel wichtiger für die Iren sind ja Fußballspiele gegen England und ein Sieg wiegt da vieles wieder auf. Und nackte Felsen sind selten in Irland, denn die sind von Moosen und Flechten bewachsen und verwittern schnell und in Skandinavien grasen Rentiere Moose und Flechten ab und in Irland tun sie das nicht. Und ein irischer Dichter sagte einmal, die Welt sei ein Tollhaus und Irland auch nicht gerade grün hinter den Ohren, und der Mann dürfte Recht behalten haben. Und einige Iren gründeten sogar eine Band und sie sangen BLOODY SUNDAY und hielten nicht viel von Gewalt und Fanatismus und Jim Morrison wiederum mochte BLOODY MARYS und er trank sie regelmäßig zum Frühstück und hielt nicht viel von Kakao und einem weichen Ei. Und rechts von Irland ist England und links der Atlantik und irgendwo Nordirland und Island und Grönland und so weiter und Irland ist die grüne Insel und Guinness das beste Bier der Welt – was aber die Tschechen schon wieder ganz anders sehen. Und einmal sprühte ein irischer Arbeiter GUINNESS, OH GUINNESS auf eine Mauer und diese Mauer fiel um und erschlug ein protestantisches Kind und alle dachten, die Katholiken seien schuld, und es gab Tumulte und Schläge und der Boden färbte sich rot.

Und in der Schweiz haben sie für alles ein Sprichwort und es heißt HAT DIE FRAU DIE SCHÜRZE UM, SO HAT SIE KEINE ZEIT, SCHLECHT ZU SEIN und WER DIR BÖSES GÖNNT, DER TRÄUMT DIR UNGLÜCK und DER REICHE LEBT FRÖHLICH WIE DIE NIERE IM FETT und so weiter. Und die Schweiz ohne Berg ist wie der Himmel ohne Stern und die Schweizer sprechen mehrere Sprachen und keine versteht man so wirklich und in ihren Banken lagert viel Geld, das eigentlich jemand anderem gehört, aber mit der Zeit gehört es dann den Schweizern. Und Hunde werden in der Schweiz bestens geschult und sie graben in Lawinen nach Österreichern und Franzosen und Engländern und Italienern und Deutschen und Spaniern und Holländern und mit Schnee lässt sich viel Kohle machen – so oder so. Und einmal erschoss ein Gebirgsjäger versehentlich einen Österreicher, als er nach Gämsen Ausschau hielt, aber die Österreicher gewannen daraufhin die Abfahrt in Wengen und niemand dachte noch daran und die Geschichte ist ohnedies voller Opfer und Märtyrer. Und in Österreich verwechseln die Jäger manchmal die Wildsau mit dem Nachbarn und es gibt dann böses Blut und später sitzen alle im Gasthaus und erzählen einander Geschichten von einer Zeit, als man wegen so einer Sache noch nicht viel Federlesens machte. Und einmal wollte ein Käseunternehmer Jim Morrison eine Gedenkstätte errichten und die Schweizer waren darüber geteilter Meinung und einige Schweizer meinten sogar, Jim Morrison sei ausländisches Kulturgut und völlig fehl am Platz, und andere wiederum glaubten, Jim Morrison habe lebende Verwandte in der Schweiz und sie fanden später einen Mann, der URS MÜRISELLI hieß – und waren ganz glücklich. Und der Unternehmer wiederum hatte eigentlich nur einen Käse nach Jim Morrison benennen wollen – weil er sich davon einen großen Verkaufsschlager versprach.

Und in Belgien haben sie für alles ein Sprichwort und es heißt SCHÖN IN DER WIEGE, SCHLECHT IM SATTEL und HAST DU TRAUBENSIRUP, KOMMEN DIE FLIEGEN BIS VON BAGDAD HER und HAT EIN HUND GELD, HEISST ER HERR HUND und so weiter. Und viele Belgier essen gern Süßigkeiten und sie kennen das so von ihren Großmüttern und denken dabei an ihre glückliche Kindheit oder die ersten Schritte, jedenfalls an etwas Altes und Vertrautes und Ehrwürdiges und Schönes. Und Wasser siedet bei hundert Grad Celsius und links von Belgien ist der Ärmelkanal und dahinter England und dort wartet man ab und trinkt Tee und in Belgien lässt man Wasser sieden und schaut lieber fern. Und rechts von Belgien ist Deutschland und Luxemburg und obenauf die

Niederlande und untenrum Frankreich und die Belgier fühlen sich manchmal ganz eingekesselt. Und in Belgien liegt Brüssel und das ist die wichtigste Stadt auf dem Kontinent, denn dort entscheiden sich Schicksal und Gloria und Zukunft und ganz Europa schaut hin und diskutiert darüber und spricht von Erweiterungen und Strukturen und Bestimmungen und darauf ist Belgien mächtig stolz. Und man einigte sich in Europa sogar auf ein gemeinsames Vorgehen gegen Terroristen und Menschenhändler und sexuelle Ausbeuter und Kinderschänder und Drogenhändler und Korruption und Geldwäsche und so weiter – und anderswo schaffte man genau das nicht.

Und die Belgier lieben den Fußball und rote Teufel und können kaum schwimmen und sie sprechen Sprachen, die andere Völker nicht sprechen, und ihre Teufel sind laufstark und torgefährlich und nackter Fels ist nackter Fels und manchmal fegen Stürme über das Land – und die Belgier feiern und trinken. Und es gab einmal einen Belgier, der oft und gern feierte, und er trank viel Alkohol und nahm ab und zu Drogen und fing junge Mädchen, die er in einem Reisekoffer nach Hause transportierte, wo er sie vergewaltigte und später verhungern ließ. Und viele Belgier waren empört und meinten, er könne unmöglich ein Belgier gewesen sein, denn er habe sich ja benommen wie ein Tier. Und Belgier leben heute in vielen Ländern und früher lebten sie vor allem im Kongo, wo sie Wilde zähmten und Rohstoffe förderten und sich für die Freiheit Belgiens einsetzten und so weiter. Und Jim Morrison gab auch in Belgien Konzerte, aber es kamen fast nur Engländer und Holländer und Franzosen und Deutsche und Luxemburger und sogar einige Spanier und so spielte er künftig lieber gleich in diesen Ländern und kehrte Belgien fortan den Rücken.

Und Hunden wird in Luxemburg nicht viel Bedeutung beigemessen und früher, als die Könige noch durch Land und Flur ritten, da bellten die Hunde und die Mägde schreckten hoch und die Knechte lachten und man verneigte sich höflich, aber heute kräht kein Hahn mehr danach. Und luxemburgische Hähne haben mit dem Tod nichts am Hut, sie widmen sich lieber den Hühnern und Körnern und morgendlichen Matineen. Und in Luxemburg haben sie für alles ein Sprichwort und es heißt WER IN EINEN AMEISENHAUFEN SPUCKT, DEM SCHWELLEN DIE LIPPEN und WAS AN DER AGATHE, DAS WEISS BEATE und WAS MÄULCHEN NASCHT, MUSS LEIBCHEN BÜSSEN und so weiter. Und Jim Morrison fiel als kleiner Junge vom Pferd und hatte fortan Angst vor Pferden und in Wien aß er gern Pferdeleberkäs und Frankfurter und als Nachspeise einen Mohr im Hemd. Und in Luxemburg haben sie keine Angst vor Anschlägen und man versteht sich mit allen und Konsenspolitik ist gefragt und es gibt kaum Pornofilme und Bordelle und Nachtclubs und so weiter, da die Luxemburger keusch leben und sich vor allem für Wirtschaft und Politik und Inflation und Wertewandel interessieren.

Und in Dänemark spielen sie guten Fußball und man war schon Europameister und feierte und jubelte und hupte und klatschte und die Nationalsozialisten mochten die Dänen wegen ihres Aussehens – und die Däninnen auch. Und Jean Paul wäre niemals als Däne durchgegangen und Jean Claude auch nicht und Jim Morrison vielleicht, wenn er sich die Haare gefärbt hätte, aber da hatte er doch andere Pläne. Und in Dänemark haben sie für alles ein Sprichwort und es heißt OM AFTEN SOM EN BIÖRN, EM MORGEN SOM EN SKUDT ÖRN (Abends wie ein Bär, morgens wie ein geschossener Adler) und BEDRE AT SKIERE END AT SAETTE TIL (Abschneiden ist leichter als ansetzen) und BÄREN FRESSEN KEINEN SOMMER und so weiter. Und die dänische Stärke ist sprichwörtlich und man kann sie an allen fünf Fingern ablesen und jeder Däne spreizt daraufhin seine rechte Hand und fühlt sich groß und mächtig. Und die Dänen sind wachsam und sie wählen gerne wachsame Parteien und gemeinsam sind sie alle dänisch und wie Dynamit. Und eine dänische Dogge pinkelte einmal auf das Grab von Jean Paul und im Osten ging die Sonne auf und im Westen unter und Jean Paul lag im Schatten und würde die Sonne nie wieder sehen.

Und in Schweden haben sie für alles ein Sprichwort und es heißt OLYCKAN RIDER TILL BYS, MEN GÅR TILL FOTS DERIFRÅN (Böses kommt im Ritt und geht im Schritt) und MED BRÄNNVIN BÖRJAR MAN GALA (Branntwein bringt zum krähen) und AS ÄR INGEN MAT FÖR ÖRNEN (Aas ist keine Speise für den Adler) und so weiter. Und einem Schweden darf man nicht von rechts kommen und einer Schwedin nur schwer von hinten und alle sind sie große Möbelbauer und Handwerker und Hünen und Maiden. Und in Schweden heißen alle irgendwie GUSTAFFSON und ERIKSSON und OLAFSON und FREDRIKSON und das bedeutet, dass alle irgendwelche Söhne von irgendwem sind und einige Schwedinnen finden das ziemlich chauvinistisch und sie hören manchmal Jim Morrison und stecken sich rote Nelken ins Haar. Und schwedische Hunde sind gänzlich unempfindlich gegen Kälte und Hunger und Durst und sie fressen Dörrfleisch und lecken an Eisflächen und haben ein dichtes Fell. Und Rumäninnen und Bulgarinnen und Russinnen und Slowakinnen und Tschechinnen färben sich das Haar gern blond, um wie Schwedinnen oder Finninnen oder Däninnen auszuschauen und sie spielen in Pornofilmen mit, die weltweit exportiert werden und ganzen Familien das Überleben sichern. Und die Schweden können auch Fußball spielen, aber am liebsten spielen sie Eishockey und das können sie besser noch als Kanadier oder Finnen oder Russen oder so ähnlich und das schwedische Eis ist kalt und die schwedischen Hünen sind groß und mächtig. Und eine schwedische Kuh gibt im Jahr durchschnittlich achttausend Liter Milch und dänische und finnische Kühe geben auch viel Milch und ganz wenig Milch geben spanische und griechische und irische und belgische und österreichische Kühe und alle Schwedinnen sind vollbusig und sexy und die Milchleistung darf niemanden verwundern. Und rechts von Schweden ist Finnland und links Norwegen und unterhalb Deutschland und Dänemark und irgendwo oben leben weiße Bären und fressen rohes Fleisch.

Und in Finnland haben sie für alles ein Sprichwort und es heißt WER GENUG KAVIAR HAT, SCHMIERT AUCH SEINE RÄDER DAMIT und WER DURCH DEN BACH MUSS, DARF DAS KLEID AUFHEBEN und DER RAUPE WEGEN MUSS MAN DEN BAUM NICHT UMLEGEN und so weiter. Und ein finnischer Puck zieht einen langen Scheitel und das bedeutet, dass alle Finnen tolle Eishockeyspieler sind und einen guten Stand haben und über viel Kondition verfügen. Und Finninnen sind blond und hübsch und viele Männer kommen aus anderen Ländern, um eine Finnin zu heiraten, und sie lernen dann, sich wie Finnen zu benehmen, damit sie es bei den Finninnen leichter haben – und das wiederum sehen die Finnen gar nicht gern. Und einmal war Jim Morrison scharf auf eine Finnin und er lud sie nach Paris ein und sie kam auch, aber Jim Morrison kam nicht und er mied Finninnen fortan. Und in Finnland gibt es viele Langlaufloipen und die Finnen werfen gern Steine auf frisch zugefrorene

Flüsse und es soll sieben Jahre Glück bringen, wenn der Stein durchs Eis bricht, und drei Jahre Pech, wenn er oben liegen bleibt. Und Jean Paul warf einmal einen Stein und der traf Jean Claude und Jean Claude fiel um und war tot und Jean Paul warf sich von der nächsten Brücke und bald kam der Frühling.

Und ein Kuss soll ein Kuss sein und in Norwegen küsst man sich nur, wenn man sich gut kennt oder frisch verliebt ist oder sich einfach nur aufwärmen will. Und viele Norweger sind der Meinung, dass Europa viel Risiko berge und Arbeitslosigkeit und Inflation mit sich bringe und sie halten nicht viel von gemeinsamer Währung und Außenpolitik. Und in Norwegen haben sie für alles ein Sprichwort und es heißt NIEMAND SPANNT EIS VOR EINEN SCHLITTEN UND HOFFT AUF BESSERE ZEITEN und DER WALD HAT KEIN VORHÄNGESCHLOSS und DIE SAU WEISS NICHT, WOVON SIE FETT WIRD und so weiter. Und die Norweger gehen mit der Zeit und sind modern und human und umsichtig und sie sind viel bessere Sportler als Schweden und Finnen und Deutsche und Österreicher und Franzosen und Spanier und Engländer und Griechen – die Norweger machen überall eine gute Figur und die anderen tun das eben nicht. Und norwegische Hunde sind behördlich registriert und tragen ein Abzeichen und rauchen auch nicht und einmal rettete ein norwegischer Hund einer jungen Schwedin das Leben und der schwedische Hundeverband ehrte die norwegische Leistung mit einer Verdienstmedaille und der Präsident des schwedischen Hundeverbandes schrieb eigenhändig einen Brief an den Hundehalter in Norwegen und lobte die Eigenschaften des Tieres – als ob es sich um einen schwedischen Hund handelte. Und einmal gefroren in Oslo alle Wasserleitungen und die Schweden meinten dazu, ihnen könne das nicht passieren, und das schwedische Königshaus schrieb an das norwegische, ob man sich nicht auf Schloss Winterfels auf einen Tee treffen wolle, um über die letzten Wetterkapriolen zu plaudern. Und in Norwegen gibt es kaum Terroristen, die mögen keine strengen Winter und hüllen sich lieber in lange Mäntel und tragen Bärte und beten zu Allah. Und es gibt viele Schriftsteller in Norwegen und der Alkohol ist teuer und über den Durst trinken nur Könige oder Pornoproduzenten oder so ähnlich.

Und in Griechenland haben sie für alles ein Sprichwort und es heißt MORGENS FÄNGT MAN DIE HEUSCHRECKE und WER GURKEN SÄT, WIRD GURKEN ERNTEN und DIE CHRISTEN SIND EINANDER SELBST DIE GRAUSAMSTEN TÜRKEN und so weiter. Und viele Griechen glauben, dass man vom Olymp aus bis in die letzten Eingeweide der Welt sehen kann und das Land ist erhaben und felsig und darüber liegen Oliven und Staub. Und in den Hainen arbeiten Bulgaren und Rumänen und Mazedonier und Albaner und alle sind froh, Geld zu verdienen, und die Griechen wiederum sind froh, körperlich nicht mehr so schwer arbeiten zu müssen. Und andere Griechen klagen darüber, dass ihnen Bulgaren und Rumänen und Mazedonier und Albaner die Arbeitsplätze streitig machten und sie hätten nicht übel Lust, sie alle des Landes zu verweisen. Und einmal bewarf ein Grieche einen Türken mit Steinen und der Mann musste in ein Krankenhaus und der Grieche meinte, im Iran oder Irak oder Sudan sei Steinewerfen gesetzlich verankert – warum nicht auch in Griechenland? Und griechische Hunde liegen faul in der Sonne und sie hecheln und schwitzen und sind voller Parasiten und haben großen Hunger. Und einmal wollte eine deutsche Touristin einen griechischen Hund füttern und der biss ihr zwei Finger ab und hatte obendrein Tollwut und nicht alle Deutschen in Griechenland sind geimpft und haben einen schönen Urlaub. Und viele Europäer waren schon in Griechenland und viele Griechen waren noch nie irgendwo sonst in Europa und sie würden sich wundern, wie sauber und diskret und vornehm die Leute anderswo sind. Und die Geschichte gibt den Griechen Recht und sie sind begnadete Sportler und göttliche Fußballer und tanzen gern und werfen Diskus und heißen Alex oder Janis und verstehen viel von Philosophie und Demokratie und Wertewandel und Doping.

Und in Slowenien haben sie für alles ein Sprichwort und es heißt ŽENSKE IN MAČKE UMBREJO SAMO, ČE JIH DOBIJO PO NOSU (Die Frauen und Katzen sterben nur, wenn man sie auf die Nase schlägt) und VES SVET JE GOSTIŠČE MOŠKIN (Die ganze Welt ist ein Gasthof der Männer) und SLAVČEK V GOZDU, OVCA NA KAVLJU (Die Nachtigall im Wald, das Schaf am Haken) und so weiter. Und am Meer sind alle glücklich und der Weizen gedeiht und die Slowenen lieben Slowenen und mögen keine Einmischung von außen und sind auch sonst klüger als ihre Nachbarn. Und links von Slowenien ist Italien und rechts Kroatien und Ungarn und viel zu nahe sind Österreich und Kärnten. Und als Jugoslawien zerfiel und lange Zeit Krieg herrschte, waren die Slowenen besonnen und staatsmännisch und weise und sie sind bis heute auf ihre Entwicklung und europäische Reife und so weiter stolz. Und einmal biss ein slowenischer Hund einen kroatischen Zöllner und der Hund wurde erschossen und der slowenische Hundeverband protestierte und der kroatische Hundeverband dementierte und die Zollgewerkschaft bestritt und man sprach von Notwehr und Notwendigkeit und Aufwiegelung und Sühne. Und die Slowenen mögen keine Kroaten, weil bei denen viele Europäer Urlaub machen, wohingegen in Slowenien kaum jemand ein Zimmer bucht und der Verkehr nimmt zu und die Lebensqualität ab und wo das hinführt, weiß der Teufel. Und Jim Morrison hat sich nie beschwert, er hatte von allem reichlich und im Überfluss und er mochte Mohntorten und Kokablätter und Wasserpfeifen.

Und rechts von Litauen ist Weißrussland und links die Ostsee und oben Lettland und unten Russland und Polen und das war nicht immer gut. Und in Litauen haben sie für alles ein Sprichwort und es heißt KEIN WOLF HEULT IM TAKT und WER HOSEN ANHAT, WIRD SCHON EINE FRAU BEKOMMEN und DIE FRAUENZUNGE TUT ALLES, WOZU SIE LUST HAT und so weiter. Und heute geben die Litauer viele alte Traditionen auf und sie jagen die letzten Wölfe und suchen nach Erdöl und schnellem Rubel und freuen sich über den Euro oder Dollar oder Yen. Und in Litauen stammen die Hunde noch von Wölfen ab, mehr als in anderen Ländern und die wiederum kamen einst aus Russland und Finnland und das ist nicht etwa ein Verdienst der Litauer. Und viele Litauer begeistern sich für Hundekämpfe und Schlammcatchen und Pferderennen und sie setzen dort alles, was sie haben. Und Litauerinnen sind hübsch und adrett und bei Pornoproduzenten beliebt und nackter Fels ist nackter Fels und Jim Morrison würde das alles lächerlich finden und einen Song darüber schreiben – Pornoproduzenten und Globalisierung und Xenophobie und die Liebe unter freiem Himmel. Und Jean Paul würde weiße Nelken in die Ostsee werfen und kein Stein käme geflogen und Väterchen Frost ließe mit sich handeln und alles wäre gut und keiner meldet.

Und in Lettland haben sie für alles ein Sprichwort und es heißt TAM, KAS GUĻ ZĀLĒ, RĀDĀS ZAĻI SAPŅI (Wer im Gras schläft, hat grüne Träume) und TURI VĪRU, GOVS KODĪS (Halt den Mann, die Kuh will beissen) und DAKŠA LABPRĀT DURAS CEPTĀ VISTĀ (Die Gabel sticht gern in gebratene Gänse) und so weiter. Und russischen Bären will niemand im Dunkeln begegnen und weißen Bären schon gar nicht und einmal verspeiste ein Lette siebzehn Kilogramm Lachs und starb an einer Überdosis Cadmium und Quecksilber. Und die Ostsee ist verseucht von Schwermetallen und Atomkraftwerke sind gefährlich und Pockenviren und Zyankali und Klimawandel auch. Und lettische Frauen tragen kurze Röcke und viele von ihnen studieren Kunst oder Wirtschaft oder Politik und sie reisen gern ins Ausland, nach Amerika und Europa und weniger nach Russland oder in die Ukraine. Und lettische Flüsse treten nur selten über die Ufer und alle Letten sprechen Russisch und Englisch und viele Russen sprechen kein Lettisch und manche meinen sogar, sie werden in Lettland diskriminiert und das stinkt ihnen gehörig. Und die meisten Letten können gut schwimmen und tauchen und sie mögen den Winter und haben Satellitenfernsehen und Mikrowellen und Outdoorkleidung. Und als Jim Morrison noch lebte, war Lettland ein Teil der Sowjetunion und niemand rief ihn dort liebevoll Jim.

Und in Estland haben sie für alles ein Sprichwort und es heißt DER ESEL STIRBT VON FREMDER PFLEGE und WER IMMER ANGELT, DEM NIMMER MANGELT und ES IST JA NICHT SOFORT IN DER HAND, OBWOHL ES IN DER SCHNAUZE IST und so weiter. Und man kann schon von Tallinn aus nach Helsinki spucken, wenn der Wind günstig steht und der Wind steht oft günstig und manche Esten spucken bis nach St. Petersburg und andere sogar nach Minsk und Kiew und Wladiwostok und so weiter. Und einmal gewann ein Este einen Weitspuckbewerb und er bekam einen Eintrag im Guinnessbuch der Rekorde und zu Hause erzählte er, eine Kiste Guinness wäre ihm lieber gewesen – ein Ire hätte das sofort verstanden. Und rechts von Estland ist Russland und links plätschert die Ostsee und darüber sind Wind und Wellen und Schauer gehen nieder und das Meer gefriert manchmal und die Esten werfen dann Steine, bevor sie sich auf das Eis wagen.

Und in Malta haben sie für alles ein Sprichwort und es heißt IŻ-ŻIBEL DEJJEM IDUR MIEGHU D-DUBBIEN (Das schlimmste Fleisch ist am übelsten vor Fliegen zu bewahren) und L-EHFEF DEJJEM JGHUM F'WIĊĊ L-ILMA (Das Leichteste schwimmt oben) und F'DARHU KULHADD SINJUR (Daheim ist jeder ein Herr) und so weiter. Und auf einer Insel fängt man viele Fische, mehr als auf dem Festland und es soll sogar fliegende Fische geben, wahre Engel unter den Meeres- und Krustentieren. Und Jim Morrison sah manchmal aus wie ein Engel, wenn er schlief und besonders schöne Träume hatte, aber es gab auch Tage, an denen er sich gar nicht wohl fühlte und ständig kotzen musste. Und in Zypern haben sie auch viele Sprichwörter und einige klingen Türkisch und man kann sie nur schwer aussprechen und manche Zyprioten interessieren sich überhaupt nicht dafür, was sie bedeuten. Und es heißt, in Zypern gehe die Sonne auf und das sei das schönste Sprichwort von allen, weil es die Menschen froh und optimistisch stimme. Und einmal fuhr ein Mann auf einem Fahrrad zur Arbeit und als er um eine Kurve bog, blendete ihn die Sonne und er geriet auf die Gegenfahrbahn und kollidierte mit einem Lastwagen und als er starb, sah er noch, wie die Sonne über ihn lachte, und da wusste er, sie hatte alles mit Absicht getan. Und früher gab es Menschen, die beteten noch die Sonne an und bauten ihr Tempel und opferten Kühe und so weiter und heute ist die Sonne lediglich Wirtschafts- und Tourismusfaktor und Energiequelle und möglicherweise stinkt ihr das ganz gewaltig.

Und links von der Türkei sind Griechenland und Bulgarien und das Schwarze Meer liegt obenauf und rechts gibt es Staaten wie Georgien und Armenien und Aserbaidschan und Iran und Irak und rechts unten Syrien und das alles hat mit Europa gar nichts zu tun und mit den Türken schon. Und in der Türkei haben sie für alles ein Sprichwort und es heißt DAS SCHIFF DES LÜGNERS SEGELT SCHIEF und GÜLÜN ÖMRÜ AZ OLUR (Das Leben der Rose währt kurz) und AM BASAR SIND ALLE MENSCHEN GLEICH und so weiter und einige sind noch gleicher und die Türken handeln danach und sind groß und mächtig und ordnen und richten sich's, wie sie's gerade brauchen. Und die Türken haben keine Angst vor Terror und Folter und sie wahren den Frieden und unterstützen Europa und Amerika im Kampf gegen den Terrorismus und sie sperren Kurden in enge Zellen und legen Menschenrechte aus – nach eigenem Ermessen. Und türkische Frauen sind ungebildet und haben viele Kinder und türkische Männer sind ungebildet und zeugen viele Kinder, womit türkische Männer und Frauen ganz gut zueinander passen. Und viele Türken sind der Meinung, die Großfamilie sei in ihrem Bestand gefährdet und die Gefahr gehe von jungen Frauen aus, die seien verantwortungslos und frühreif und wollten arbeiten gehen und selbstständig sein und sie redeten auch schon von Bildung und Scheidung und Verhütung und so weiter. Und kaum jemand dreht in der Türkei Pornofilme und es ist sogar verboten, solche Filme zu konsumieren, und viele Türken reisen dann ins Ausland und leben dort als Gastarbeiter und Teppichhändler und holen alles nach, sie essen Schweinefleisch und trinken Alkohol und benehmen sich ganz anders als zu Hause. Und nackter Fels ist nackter Fels und Jean Paul nickt und alle tun mit und jeder meldet.

Und die Polen sind zu einundneunzig Prozent Katholiken und zu neunundneunzig Prozent Polen und es leben auch einige Ukrainer und Weißrussen und Rumänen im Land und das sagt eigentlich schon alles, denn die meisten Polen mögen keine Ukrainer und Weißrussen und Rumänen und sie mögen stattdessen Amerikaner und Engländer, die haben Geld und Manieren und waschen ihre Hände vor dem Essen. Und in Warschau leben einemillionsechshunderttausend Menschen und die Arbeitslosigkeit liegt bei siebzehn Prozent und vierhundertundsechsunddreißig Polen müssen sich einen Arzt teilen und polnische Ärzte können improvisieren und heilen selbst Hunde und Katzen und Kühe. Und in Polen gibt es zweimillionen Höfe und landwirtschaftliche Betriebe und ehemalige Kolchosen und nach dem Unionsbeitritt waren fünfundsechzig Prozent dieser Höfe wegen mangelnder Produktivität nicht mehr konkurrenzfähig und viele von ihnen mussten schließen und einige Bauern weinten bitterlich. Und andere wiederum wurden sehr zornig und protestierten dagegen und meinten, die Regierung sei an allem schuld und DIE DA OBEN könnten sich's ja richten, aber SIE DA UNTEN, sie hätten das Nachsehen, und ein polnischer Bauer entführte sogar die Tochter eines polnischen Ministerialrats und verlangte zehn Kühe Lösegeld. Und viele Polen amüsierte das und die Zeitungen stellten so Überlegungen an wie, wer wie viele Kühe wert sei und ob es für so viele Kühe überhaupt noch genug Weideland in Polen gebe. Und manche Bauern sagten sogar, die Union wolle polnische Bauern um ihre staatlichen Subventionen bringen und bedrohe somit die Existenz vieler Menschen – was französische und spanische und portugiesische Bauern aber ganz anders sahen.

Und künftig müssen Weißrussen und Ukrainer und so weiter ein Visum beantragen, wenn sie nach Polen reisen wollen und die wiederum sagen, dass Polen zu europäisch sei und viel zu exklusiv und die Russen finden Exklusivität nicht so gut und sie zeigen sich besorgt und stehen der Zukunft eher skeptisch gegenüber, denn die Europäische Union ist produktiv und konkurrenzfähig und genau das macht ihnen Sorgen. Und in Polen werden viele Schiffe gebaut und sie befahren die Weltmeere und gelten als äußerst seetauglich und einmal drohte einer Werft das Aus und zwanzigtausend Polen bangten um ihren Arbeitsplatz und die Regierung kündigte an, die Aktienmehrheit zu übernehmen, um so Arbeitsplätze zu sichern. Und andere polnische Unternehmen wollten plötzlich auch staatliche Zuschüsse und Subventionen und Vergünstigungen und Steuererleichterungen, um die Arbeitsplätze von Polen und Polinnen zu schützen und zu wahren. Und ausländische Konzerne wollten ebenfalls Steuerbegünstigungen und Wettbewerbsvorteile und Sonderrechte, sonst müssten sie mittelfristig die Standortlage überdenken und in der Ukraine oder in Weißrussland oder Bulgarien oder Rumänien produzieren, angeblich gebiete das die Wirtschaftlichkeit. Und der Chef eines deutschen Automobilkonzerns sagte, es könne unmöglich im Interesse Polens liegen, Arbeitsplätze abzubauen, und er entwarf ein Szenario, wer wie viel Förderung erhalten sollte, damit die polnische Regierung gut dastehe.

Und polnische Männer beten viel und bestellen Felder und in ihren Dörfern schneit es und sie haben kräftige Hunde und Ochsenkarren und kleine Autos, mit denen sie in kleinen Ortschaften umherfahren – zum Wirt und in die Kirche, zur Post und zurück. Und polnische Frauen lieben

Trachten und Schuhe und Make-up und glauben an Gott und die Kirche und sie erziehen ihre Töchter streng und ihre Söhne noch strenger und vielen jungen Polinnen und Polen gefällt das überhaupt nicht und sie gehen von zu Hause fort, nach Berlin und London und Paris und arbeiten in Gasthäusern und Hotels und Diskotheken und Bordellen und erinnern sich an früher, als sie noch in ihren Dörfern lebten und ihnen alles klein und beschaulich erschien. Und in Polen heiraten die Leute, noch bevor sie Sex haben und polnische Hochzeiten sind ausgelassen und fröhlich und die Braut und der Bräutigam kennen sich gut und die Eltern der Braut und des Bräutigams kennen sich lange Jahre und auch die Hunde kennen sich und die Tanten und die Cousins und Cousinen und alle sitzen an einer langen Tafel und man isst und trinkt und lacht miteinander und die Braut freut sich auf den Sex und der Vater der Braut betrinkt sich.

Und Gott wird es schon richten und in New York leben viele Polen, wohingegen in Polen wenige New Yorker leben und wenn sie es tun, dann sind sie zumeist auf der Flucht und wollen nach Russland oder in die Mongolei oder noch weiter. Und die Wahrheit ist ein Schacht nach unten und die Polen waren einst ganz unten und bekamen bittere Wahrheit ab und die war kalt und grausam und tödlich und man schweigt besser darüber. Und die Polen schweigen und die Krähen ziehen von Russland nach Europa und überwintern da und erzählen einander Geschichten und Krähen sind überhaupt sehr gesprächige Vögel. Und Polen sind abergläubisch und von einfachem Gemüt und leben in schlichten Hütten und dörflichen Kollektiven und lange Zeit waren sie Kommunisten und sie sangen miteinander und lachten und alles war idyllisch und völkisch und alles gehörte allen. Und die Polen trinken gern Alkohol und mögen Blumen und interessieren sich für Geschichte und Schach und Kleintiere und landwirtschaftliche Maschinen und selbst in den Städten stammen viele Menschen aus bäuerlichen Gegenden.

Und die jungen Polen sind rebellisch und haben wenig Geld und können sich nicht so viel leisten wie junge Engländer oder Franzosen oder Deutsche oder Schweizer oder so ähnlich und sie tragen nicht ganz so modische Kleidung und fahren nicht ganz so schnelle Autos und haben nicht ganz so moderne Computer und Haushalte und wohnen auch länger bei ihren Eltern. Und in polnischen Wäldern lebt polnisches Wild und in polnischen Flüssen leben polnische Fische und es kommen viele Deutsche und Österreicher nach Polen, um zu jagen und zu fischen. Und in Polen ist alles billig und viele Deutsche und Österreicher fühlen sich zum ersten Mal wie Lords oder Sirs oder Industrielle und werfen mit Geld nur so um sich und schauen jungen Polinnen auf den Busen und so weiter. Und einmal bot ein Österreicher einer jungen Polin Geld an und versprach, sie zu heiraten und nach Österreich mitzunehmen, und sie könne dort studieren und in Wohlstand leben und in Wien wohnen und einkaufen gehen und im Sommer Urlaub machen – in Italien und Spanien und Frankreich. Und die junge Polin zog nach Wien und der Mann schlug gern über die Stränge und sie arbeitete als Putzfrau und Prostituierte und durfte nicht studieren und hatte keine Freunde und selten frei und geheiratet hatte sie auch keiner. Und die Polen fahren ungern in Urlaub und wenn sie es tun, fahren sie nach Ostdeutschland oder in die Ukraine und sie campen und nehmen sich ihr Essen mit und zünden Lagerfeuer an und singen alte

Lieder und die Söhne und Töchter rebellieren und hören Raubkopien von METALLICA und EMINEM und RAGE AGAINST THE MACHINE – und manchmal sogar Jim Morrison.

Und französische und deutsche und österreichische und spanische und griechische und portugiesische Bauern fürchten um ihre Subventionen und sie sagen, die polnischen Bauern würden sich nur auf Kosten anderer bereichern und die Sinnhaftigkeit solcher Subvention sei fraglich – wenn sie den anderen zugute kommt und die anderen sind überhaupt ein heikles Thema. Und viele Politologen glauben, dass ein Europa ohne die Polen völlig undenkbar sei und die Lösung der polnischen Frage sei seit jeher entscheidend für den Kontinent und später müsse die russische Frage gelöst werden, damit es endlich dauerhaft Frieden gebe. Und die polnischen Bauern wiederum freuen sich auf Subventionen und sie müssen dann nicht mehr so viel arbeiten und können sich mehr der Familie widmen und ihren Kleintieren und Campingausflügen und Kirchenbesuchen und Gebeten. Und in Polen gibt es nicht so viele Homosexuelle und das liegt daran, dass die Polen sehr gläubig sind und Gott ihre Männer davor bewahrt. Und manche Homosexuelle in Polen verschweigen ihren Eltern und Freunden und Kollegen, dass sie schwul sind und leben lieber im Verborgenen und bestellen ihre Felder und gehen in Kirchen und so weiter. Und einmal erzählte ein junger Pole seinen Eltern, dass er schwul sei und sie enterbten ihn und er musste das Dorf verlassen und in einer Stadt untertauchen und dort erzählte er, dass seine Eltern verstorben seien, als er noch sehr jung gewesen sei. Und er lebte fortan in Krakau und arbeitete im Gastgewerbe und studierte Wirtschaft und Sprachen und machte seinen Abschluss und ging nach London und später nach New York und verdiente viel Geld und fand einen Freund am Broadway und sie zogen zusammen und viele Jahre später besuchten sie Polen und Rom und der Papst predigte weiter, dass Homosexualität eine Sünde sei. Und die meisten europäischen Politiker meinen ja auch, dass Homosexualität etwas sehr Falsches sei und sie gestehen Homosexuellen kaum Rechte zu und halten sie für entartet und wollüstig und können sich das alles nicht wirklich vorstellen. Und in Thailand ist Homosexualität ganz normal und viele Homosexuelle fahren dorthin und gehen Hand in Hand auf der Straße und küssen sich und wohnen in einem Doppelzimmer und machen alles, wozu sie Lust haben, und in Europa können sie das so nicht tun, weil schon mal schnell jemand mit dem Finger auf sie zeigt und SCHWULE SAU ruft. Und ein polnischer Priester sagte einmal, dass Homosexuelle eigentlich auf der Suche nach Gott seien und wenn sie viel beteten und auf Gott vertrauten, würden sie geheilt und müssten sich zeitlebens nicht mehr schämen.

Und die Finnen sind zu neunundachtzig Prozent Christen und zu fünf Prozent Schweden und in Helsinki leben fünfhundertundfünfundzwanzigtausend Menschen und viele heißen Paavo und Tarja und Juho und sie arbeiten und heiraten und haben im Durchschnitt ein Kind. Und vierhundertundfünf Finnen müssen sich einen Arzt teilen und der sorgt sich um finnisches Wohlergehen und verschreibt Antibiotika und regt Diäten an und so weiter. Und im Jahr zweitausendundzwei beschloss das finnische Parlament den Bau eines Atomkraftwerks und zum ersten Mal seit einem Unfall in der Ukraine wurde in Europa wieder ein nagelneuer Reaktor in Auftrag gegeben. Und viele Ärzte sagten, das sei doch Wahnsinn und ein ganz falsches Signal für die Nachbarn und sie beriefen sich auf Statistiken, wonach in ganz Europa die Zahl der Krebsfälle merklich gestiegen sei – seit der Nutzung der Atomenergie. Und die Politiker wiederum schlossen sich der Argumentation eines finnischen Energiekonzerns an, der behauptete, dass Finnland nur mithilfe der Atomkraft die Kriterien irgendeines Protokolls zur Verringerung der Kohlendioxidemission erfüllen könne und der Bau eines Atomreaktors sei unter anderem eine wichtige Umweltmaßnahme.

Und einmal gab es in Europa eine Massenhysterie, als einige Terroristen Milzbrandpulver in Briefe packten und an Minister und Bischöfe und Menschenrechtler und Künstler versandten und ein finnischer Tourismusmanager las davon und dachte sich, er könnte Werbung für seine Wintersportregion machen, indem er Kunstschneepulver per Post an diverse Zielgruppen verschickte – und er hielt das bis zuletzt für ganz besonders originell. Und ein anderer Finne entschlüsselte im Jahre neunzehnhundertundeinundneunzig die Kommunikation der Ameisen, was man in Finnland als großen Durchbruch feierte, weil sich so vielleicht neue Technologien entwickeln ließen, wie die Menschen künftig miteinander kommunizieren könnten, ohne auf Handy und Internet und so weiter angewiesen zu sein. Und ein finnischer Fischer wiederum sagte, man könne sehr viel selbst von den kleinsten Lebewesen lernen und die Menschheit wäre gut beraten, sich nicht für die Krone der Schöpfung zu halten. Und später wurden Ameisen zu beliebten Haustieren, weil man viel von ihnen lernen konnte und die Menschen hielten sie in Terrarien und sahen ihnen zu, wie sie Gänge bauten und Informationen austauschten und sie sagten, das sei viel besser als Fernsehen. Und im Bundesstaat Michigan entdeckten Wissenschaftler einen hunderte Tonnen schweren Pilz, der hundertfünfzigtausend Quadratmeter Waldboden durchzog, und einige meinten ehrfürchtig, er sei das definitiv größte Lebewesen der Erde und es ließe sich noch gar nicht erahnen, was man von ihm alles lernen könne.

Und die Dänen sind zu siebenundachtzig Prozent Lutheraner und zu eineinhalb Prozent Asiaten und sie fürchten sich vor Anschlägen und Ausländern und Infektionen und im Jahr zweitausendundzwei beschloss die Regierung eine Verschärfung des Asylrechts und die dänische Volkspartei forderte sogar die Aufhebung des Rassismusparagrafen im dänischen Strafgesetz, der die Bedrohung und Verhöhnung und Missachtung von Menschen aufgrund ihrer Rasse und Hautfarbe und Religion und sexueller Neigung verbietet. Und wer künftig eine dauerhafte Aufenthaltserlaubnis beantragen wollte, musste so gut Dänisch sprechen wie ein Schüler der neunten Klasse und zusätzlich einen Treueeid auf die Verfassung leisten. Und einmal ermordeten zwei gebürtige Dänen, die aus konservativen Familien stammten, ein zweijähriges Kind, weil es laut schrie und ihnen auf die Nerven ging, und sie warfen es schließlich in eine Regentonne unter ihrem Fenster, um endlich in Ruhe fernzusehen. Und die beiden waren große Tennisfans und sahen gerade zu, wie sich in Hamburg ein achtunddreißigjähriger Mann mit einem Messer auf die Tennisspielerinnen stürzte und eine von ihnen schwer verletzte. Und in Paris wiederum stürzte fast zeitgleich ein Supermodel vom Laufsteg, weil ihre Plateausohlen zu hoch waren und sie brach sich die Hand und blieb benommen liegen und die halbe Welt sah ihre rosa Unterwäsche. Und die beiden Dänen wurden verhaftet und verurteilt und hatten im Gefängnis unter anderem Fernsehverbot.

Und die Franzosen sind zu siebenundsiebzig Prozent Christen und zu fünf Prozent Muslime und in Paris leben mehr als neunmillionen Menschen und fast alle fahren Auto und kaum jemand besitzt ein Fahrrad und dreihundertdreiunddreißig Franzosen müssen sich einen Arzt teilen und fast neun Prozent der Franzosen sind arbeitslos und nahezu jeder Franzose kann lesen und schreiben und Fußball spielen. Und die meisten Franzosen fürchten die Arbeitslosigkeit und den Terrorismus und die steigende Kriminalität und sie wählen Parteien, die sich für die Schaffung von Arbeitsplätzen und für Sicherheit und Ordnung in Frankreich einsetzen. Und im Jahr zweitausendundeins waren französische Männer und Frauen ganz besonders produktiv und sie zeugten siebenhundertfünfundsiebzigtausend neue Franzosen und Französinnen und in anderen europäischen Ländern wurden nicht so viele Europäer und Europäerinnen gezeugt (und Franzosen schon gar nicht) und es starben dort sogar weitaus mehr Menschen, als geboren wurden. Und im selben Jahr übernahm der französische Präsident endlich Verantwortung für ein Massaker, bei dem einhundertzwanzigtausend Menschen getötet worden waren, weil sie für Frankreich gekämpft hatten und später von den Franzosen verraten worden waren – und angeblich waren auch viele Kamele und Hunde unter den Toten. Und ein französischer Historiker behauptete, das alles sei aufgebauscht und historisch irrelevant – und auf die Frage, was denn historisch relevant sein könne, meinte er, eine Million Tote, eine Million sollte es schon sein. Und später zeigte er sich einsichtig und gab zu, dass der Verlust von Menschenleben auf jeden Fall bedauerlich sei, aber ganz egal, ob ein Leben oder hunderte zu beklagen wären, wichtiger sei doch die Frage, wie viele Leben gerettet würden. Und er wies darauf hin, dass Frankreich durch sein Eingreifen Millionen Leben gewahrt hätte – und das allein sei historisch bedeutsam.

Und einmal erschoss ein Attentäter acht französische Abgeordnete und weitere vierzehn wurden schwer verletzt und eigentlich wollte er weitaus mehr erschießen, aber die Munition war ihm ausgegangen. Und er weinte später vor laufenden Kameras und einer der unverletzten Abgeordneten schlug in sein Gesicht und er dachte sich, wenn er bloß genug Munition gehabt hätte, wäre das so nicht passiert. Und eigentlich sei er ein umgänglicher Mensch und wenn alles besser gelaufen wäre im Leben, dann hätte er längst geheiratet und Kinder gezeugt und einen Hund gekauft und würde mit seiner Familie irgendwo am Mittelmeer leben. Und auf Korsika haben sie viele Hunde und die laufen frei herum und kennen keine Leine und keinen Beißkorb und Freiheit wird in Korsika groß geschrieben und die Korsen wollen unabhängig und unter sich sein und einige Franzosen bezeichnen die Korsen als Terroristen und Kriminelle und schlechte Hundehalter und der Staat setzt auf Autorität und strenge Hand und Kontrolle und Antiterrorgesetze – und die Korsen setzen auf Widerstand.

Und das französische Volk liebt das neue Jahrtausend und die Franzosen sind Genießer und Gourmets und sie essen Trüffel und degustieren Weine und französische Ärzte sind bestens geschult und voller Engagement und ein französischer Arzt war einmal Zeuge eines Attentats und er stellte Totenscheine aus und tröstete die Angehörigen, da doch keiner der Toten lang habe leiden müssen. Und er war umsichtig und schrieb Jahre später ein Buch über das alles und nannte es IM ANGESICHT DES TERRORS und es wurde in Frankreich ein großer Bestseller. Und die Franzosen lesen viel und spielen den besten Fußball und haben die tiefsinnigsten Intellektuellen und die progressivste Bürgerschicht und die wehrhaftesten Soldaten und alle leben am Puls der Zeit und wie

Gott in Frankreich. Und französische Männer mögen die Frauen und französische Frauen werden von allen Männern dieser Welt verehrt und Jim Morrison wollte angeblich in Frankreich begraben werden, weil dann französische Frauen vermehrt sein Grab aufsuchen. Und Jim Morrison mochte rote Nelken und Jean Paul liebte Tulpen und die Kommunisten und Sozialisten wiederum mochten auch rote Nelken und ebenso hätten die Roten Khmer Nelken verehrt, nur gab es keine in Kambodscha und sie rochen an Lotusblüten und grünem Bambus und sangen Heimatlieder und setzten sich für den Widerstand ein. Und Jim Morrison war selbst ein großer Rebell und er schrieb viele Lieder, in denen er vom Widerstand sang, und er mochte Paris, weil ihm die Frauen dort nur schwer widerstehen konnten. Und er sang über Liebe und Licht und wilde Reiter und von der anderen Seite und von Umbrüchen und Ausbrüchen und von Überwindung und Schmerz und Freundschaft und Lebenswillen und Drogen und animalischem Sex und er sang laut und selten falsch – und die Roten Khmer sangen auch, aber ganz schön falsch. Und in Paris hatten sie die Guillotine und in Kambodscha Wurfspieße und Hacken und später Bomben und Granaten und sehr viel Hass, aber vom Hass gab es in Frankreich auch genug.

Und die meisten Franzosen sind eingebildet und mögen keine Touristen und viele Frauen aus Osteuropa arbeiten in französischen Bordellen und die Franzosen sagen, sie seien multikulturell und Paris sei eine Welthauptstadt und so weiter. Und in französischen Flüssen leben französische Fische und in französischen Wäldern tummelt sich französisches Wild und einmal wilderten zwei Kurden in der Bretagne einen Hirsch (da sie Hunger hatten) und sie wurden gestellt und einem französischen Richter vorgeführt und dieser ließ sie ausfliegen und zwei Jahre später starben die Kurden in kurdischen Bergen, die eigentlich der Türkei gehören – sagen die Türken. Und die wiederum behaupten, dass Kurden üble Terroristen seien und viele Franzosen fürchten sich vor Anschlägen und einige sind sogar der Meinung, dass der elfte September eigentlich den Franzosen gegolten habe, da sie eine Weltmacht seien und von Terroristen gehasst und gefürchtet würden und es wäre nur viel zu offensichtlich gewesen, den Eifelturm zu sprengen oder Notre Dame. Und die französische Fremdenlegion erfreute sich regen Zulaufs und es dienten dort Mörder und Abschaum und Irre und selten Franzosen, aber alle zum Wohle der Gesellschaft. Und Frankreich ist ein Kulturland und das wichtigste Kulturgut der Franzosen ist ihre Sprache und sogar die Hunde bellen anders und alle sind schlank und fit und gut gekleidet. Und die französische Sprache ist wohlklingend und elegant wie die Franzosen selbst und ganz viele andere Sprachen entlehnen sich Wörter wie HAUTE COUTURE und ENJAMBEMENT und BOURGEOSIE und FEUILLETON und SAVOIR VIVRE und DEJA-VU und AVANTGARDE und MOUSSE AU CHOCOLAT und CABERNET SAUVIGNON und BEAUJOLAIS und A LA LONGUE und CREME FRAICHE und PISSOIR und so weiter, wohingegen sich Franzosen fast gar nichts entlehnen, weil ihre Sprache nahezu alles ausdrücken kann.

Und französische Pornofilme haben viel mehr Charme und Esprit als solche aus Russland und Rumänien und Ungarn und Polen und der Slowakei, selbst wenn französische Pornofilme auch nur Russinnen und Slowakinnen und Tschechinnen und so weiter zeigen. Und einmal synchronisierte eine französische Linguistin einige Russinnen und das Video wurde zum Kultfilm und die Russinnen über Nacht berühmt und sie wohnten bald in Paris und schwammen in Marmorbadewannen und riefen ihren Hund ZOUZOU oder FILOU und ihre Männer hießen Jean Paul oder Jean Claude und die riefen sie liebvoll JIM. Und nackter Fels ist nackter Fels und früher gab es in Frankreich noch mehr Steine und man nannte es Gallien und die Steine wurden mit der Zeit weniger und die Ochsenkarren und die Pest und die Bären und Adler auch. Und heute gibt es viel mehr Straßen und Häuser und Weinberge und in Cannes finden Filmfestspiele statt und an der französischen Riviera baden die Reichen und es gibt weniger Krankheiten und Armut und Châteaus als früher. Und viele Touristen besuchen Frankreich und sie reisen einfach durch das Land und die Franzosen empfinden das als Anmaßung und sprechen auch nie mit Fremden und wenn sie gefragt werden, tun sie so, als würden sie kein Wort verstehen. Und einmal warf ein französischer Kellner zwei Amerikanerinnen aus einem Bistro, weil er der Meinung war, dass Amerikaner degeneriert und unkultiviert seien und das Englische gar keine Sprache, sondern ein Bellen und Beißen. Und die Amerikanerinnen beschwerten sich und das Ganze hatte ein Nachspiel und sie klagten gegen das Bistro und ihre Anwälte beriefen sich auf den Gleichheitsgrundsatz und den Antidiskriminierungsparagrafen und das französische Tourismusbüro versuchte zu schlichten und zwei Jahre später wurde das Bistro geschlossen, als in der Nähe eine Chemiefabrik explodierte und die Gäste ausblieben

Und alle Franzosen sind große Europäer und haben dem Kontinent Wohlstand und Stabilität und so weiter beschert und als sich die Europäische Union formierte, waren sie es, die eine europäische Einheit vorantrieben – aber einen Euro wollten die Franzosen lange Zeit nicht, weil sie an ihrem Franc hingen. Und viele Franzosen hatten Angst vor einer Erweiterung, weil sie um ihre Arbeitsplätze und Autos und Finanzen bangten und sie wählten Parteien, die für französische Arbeitsplätze und Autos und Finanzen eintraten und nackter Fels ist nackter Fels und das Boot voll. Und französische Bauern bangten um ihre Subventionen und sie blockierten Straßen und Brücken und bewarfen Touristen mit Eiern und Salatköpfen, wenn diese wie Kurden oder Rumänen oder Bulgaren oder Afghanen oder Tschechen oder Polen aussahen, weil die ihre Subventionen bedrohten – und somit ihre Existenz. Und das französische Tourismusbüro versuchte zu schlichten und zwei polnische Touristen klagten gegen die Republik Frankreich und den französischen Bauernverband wegen seelischer Grausamkeit und Fahrlässigkeit und Unterlassung und man erstattete den Polen später das Geld zurück, das sie für die Reinigung ihrer Kleider hatten aufbringen müssen, und der Präsident des französischen Bauernverbandes schrieb eigenhändig eine Entschuldigung und schickte sie nach Polen – auf Französisch.

Und ein Franzose überquerte den Atlantik in einem Kanu und ein anderer den Himalaya in Sandalen und wieder ein anderer die Wüste Gobi und der zitierte unentwegt MOLIERE und SARTRE und VERLAINE und COCTEAU in seinen Interviews. Und einmal im Jahr gibt es die Tour de France und das Rennen Paris–Dakar und Ruhm und Ehre für siegreiche Franzosen und ganz Paris träumt von der Liebe und die französische Fremdenlegion ist kein Honiglecken und Jim Morrison ruht in Paris – das kann kein Zufall sein. Und alle Franzosen sind große Maler und begnadete Bildhauer und Filmemacher und Dichter und Philosophen und alle singen Chansons und sind solidarisch mit Homosexuellen.

Und in einem französischen Film haben sie einmal das Leben eines Homosexuellen in Frankreich verfilmt und zunächst war man skeptisch und distanziert, doch mit der Zeit mochten die Leute den Film und gewöhnten sich allmählich an Homosexuelle und bald war es schick, schwul zu sein, und alle waren glücklich und schwul, auch die, die eigentlich gar nicht schwul waren – und glücklich schon gar nicht. Und es wurde sogar modern, einer Frau zu erzählen, dass man schwul sei, denn dann fühlten sich die Frauen gefordert und wollten umso schneller mit einem ins Bett. Und die angeblich schwulen Männer erzählten, sie hätten so ihre Bedenken, es sei gegen ihre Überzeugung und so weiter, und die Frauen sagten, das sei schon richtig so.

Und die Esten sind zu achtundzwanzig Prozent Russen und zu achtundzwanzig Prozent auch Russisch-Orthodoxe und alle Übrigen sind Protestanten und leben gern in Tallinn und heißen Meri oder Savi oder Kallas oder Rüütel oder so ähnlich. Und zweihundertundsechzig Esten müssen sich einen Arzt teilen und der kennt viele Redensarten und bringt Kindern nützliche Sachen bei, bevor er bohrt oder näht oder einfach nur Wunden säubert. Und er erklärt KOTKAD LENDAVAD KORGES PILVEDE ALL, LIBLIKAD MADALAS ROHU PEAL (Adler fliegen hoch unter den Wolken, Schmetterlinge niedrig über dem Gras) und KA KIHOLANE TOMPAP HOBESE MAHA, KUI SUSI AVITAP (Auch eine Mücke zieht ein Pferd herunter, wenn der Wolf hilft) und SAKSA SOBRUS SAADAB SANDIKS (Freundschaft mit den Deutschen macht zum Bettler) und so weiter. Und Estland wurde lange Jahre russifiziert oder von Dänen oder Schweden oder Deutschen beherrscht und irgendwann gab es da einen Pakt zwischen Deutschland und Russland und die Deutschen schenkten Estland den Russen, weil sie sich davon ein gutes Geschäft versprachen. Und die Russen deportierten umgehend einhunderttausend Esten nach Sibirien und später kamen sie erst so richtig auf den Geschmack und Sibirien war groß und weit und kalt und keiner schrie dort in der Gegend herum, weil es sich niemand leisten konnte, Energie zu verschwenden. Und im Jahr neunzehnhundertundneunundachtzig bildeten die Esten eine sechshundertundfünfzig Kilometer lange Menschenkette, um all derer zu gedenken, die zugrunde gerichtet worden waren, und sie versprachen, sich so lange festzuhalten, bis ihre Unabhängigkeit endlich anerkannt sei.

Und die Letten sind zu achtunddreißig Prozent Lutheraner und zu fünfunddreißig Prozent Katholiken und zu fünfzehn Prozent Russisch-Orthodoxe und zweihundertundachtzig Letten müssen sich einen Arzt teilen und der spricht nur Lettisch, auch wenn er Englisch oder Estnisch oder Russisch kann. Und dreißig Prozent der Menschen in Lettland können kein Lettisch und man beschloss daher Gesetze, wonach alle, die kein Lettisch können, auch nicht Staatsbürger Lettlands seien, aber man erfand anspruchsvolle Tests und Lernmethoden, die wiederum genau das allen ermöglichen sollten – Staatsbürger Lettlands zu werden. Und viele ältere Menschen hatten Probleme, weil sie sich nur schwer alles merken konnten und die meisten von ihnen bestanden die Tests nicht und wurden zu Staatenlosen, selbst wenn sie ihr ganzes Leben in Lettland gelebt hatten und dort schon geboren worden waren.

Und die Litauer sind zu achtzig Prozent Katholiken und zu acht Prozent Russen und zu sieben Prozent Polen und in Vilnius leben fünfhundertvierundachtzigtausend Menschen und zweihundertunddreißig Litauer müssen sich einen Arzt teilen und manchmal bringen sie ihm Wodka und Süßigkeiten, um früher und besser behandelt zu werden. Und in Malawi müssen sich fünfzigtausend Menschen einen Arzt teilen und vierzig Prozent von ihnen können weder lesen noch schreiben noch rechnen. Und amerikanische Wissenschaftler sagten, Malawi sei ein wirklich interessantes Land, und sie sprachen in diesem Zusammenhang von einem siebenhundertundfünfzig Meter tiefen See, der vor siebenmillionen Jahren entstanden sei und das umfangreichste Klimaarchiv der Erde darstelle. Und die Wissenschaftler entwickelten ganz neue Bohrkerne, die das Sediment des Sees durchdringen konnten, und sie kreierten besondere Versuchsreihen und erfanden Geräte und Maschinen und so weiter und flogen nach Malawi – was alles sehr viel Geld kostete. Und ein litauischer Ökonom hörte davon und stellte fest, dass nur zweimilliarden Dollar nötig wären, um das Bruttosozialprodukt des Landes um hundert Prozent zu steigern – es leben fast zwölfmillionen Menschen in Malawi. Und der Ausflug der Wissenschaft wiederum kostete eine Milliarde Dollar, wobei man unter anderem feststellte, dass sich einmal im Jahr irgendeine SCHWARZE ZONE von Sedimenten am Grund des Sees absetze, die vom Regen dort hingewaschen werde, und während der Trockenzeit entstehe eine deutlich hellere Schicht darüber, die vorwiegend einzellige Algen enthalte.

Und bei England denken viele an ein Land der Engel und Jack the Ripper und Imperialismus und Angelsachsen und König Artus und die Tafelrunde und so weiter und die Stadt der Engel liegt in Amerika und Engel haben Flügel und fliegen, wohin sie wollen. Und die Engländer sind zu dreißig Prozent Anglikaner und zu einundzwanzig Prozent Katholiken und zu vierzehn Prozent Presbyterianer und zu elf Prozent Muslime und es gibt viele Gläubige und solche, die es werden wollen. Und in London gibt es Moscheen und Tempel und Kirchen und die Religionsfreiheit wird groß geschrieben und es wird viel Tee getrunken – und auch schon mal Gin. Und einmal wartete ein Engländer auf einen Bus und es begann zu regnen und er spannte gerade seinen Regenschirm auf, als ein anderer Mann seinen Koffer stahl und davonlief. Und dieser Mann war arbeitslos und er wünschte sich etwas Geld und ein neues Telefon und als er den Koffer öffnete, fand er darin nur Flugblätter und Plakate und darauf stand GOTT IST GROSS und JESUS LIEBT DICH und so weiter – er fand das gar nicht witzig.

Und in London leben siebenmillionen Menschen und sechshundertundelf Engländer müssen sich einen Arzt teilen und manchmal kann es schon passieren, dass dieser Kinder vergewaltigt und sie im Garten vergräbt und keiner der Nachbarn ihm so etwas zutraut. Und fünf Prozent der Engländer sind arbeitslos und fast zehn Prozent der Engländer sind Schotten und zwei Prozent Iren und zwei andere Prozent Waliser und Inder und Pakistani und Nordiren. Und die Engländer stellten im Krieg gegen die Taliban viertausendzweihundert Soldaten und alle kamen wieder nach Hause und hassten Terroristen und solidarisierten sich weiter mit den Amerikanern. Und man verstärkte Kontrollen an Flughäfen und U-Bahn-Stationen und Stadien und Supermärkten und so weiter und fror das Geld mutmaßlicher Terroristen ein, um die Welt etwas sicherer zu machen, und die Schweizer froren auch gern Geld ein und ließen sich ein Auftauen teuer bezahlen. Und in der Schweiz erfrieren manchmal Menschen und in England kaum und in London können Ausländer fünf Jahre lang ohne Prozess in einem (unbeheizten) Gefängnis eingesperrt bleiben und die meisten Gefängnisse sind voll und es gibt kaum Sitzgelegenheiten in Parks und vor dem Tower krächzen die Raben und lernen fliegen. Und viele Nigerianerinnen und Brasilianerinnen und Russinnen und Rumäninnen und so weiter heiraten englische Männer, um eine Aufenthaltsbewilligung zu bekommen, und die englische Regierung hat unlängst die Probezeit für Ehen verlängert und jetzt tun die Menschen so, als ob sie miteinander leben und sich mögen und sie gehen spazieren und essen und ins Kino und haben einen gemeinsamen Bekanntenkreis. Und im Jahr zweitausendundeins warf man den Afrikanern und Asiaten in England vor, dass sie ihre Integration behinderten und ausschließlich Kultur und Sprache ihres Stammlandes pflegten und das Englische dürfe man so nicht vor den Kopf stoßen. Und die Afrikaner und Asiaten sprachen von Imperialismus und meinten, die Engländer seien alle degeneriert und paranoid und geltungssüchtig.

Und als neunzehnhundertundsechsunddreißig Edward der VIII. den englischen Thron bestieg, wurde seine Liebesbeziehung zu einer Amerikanerin noch als Skandal empfunden und wo er hinkam, tuschelte der Adel und lachte verstohlen und war gehässig und Edward dankte ab und heiratete die Amerikanerin und verfluchte alle Engländer. Und heute sind der englische Premier und der amerikanische Präsident ganz dicke Freunde und in London behaupteten sie, Prinz Charles sei ein passabler Thronfolger und Prinz William ein Mädchenschwarm und Will Smith wiederum sei der Prinz von Bel-Air und Rapper und Schauspieler und Ladykiller und irgendwann später wolle er amerikanischer Präsident werden. Und einmal fuhr ein Mann nach Amerika und der hatte ganz viele Muskeln und wollte Schauspieler werden und lange Zeit beachtete ihn niemand und für die Pornoindustrie war sein Schwanz einfach nicht groß genug. Und der Mann trainierte weiter und ging Produzenten auf die Nerven und irgendwann drehte einer einen Film über Barbaren und der fand ihn so passend, dass er ihm die Hauptrolle gab.

Und englische Männer rechnen in Pfund und Dollar und sind große Kaufleute und Seemänner und früher haben sie Meere beherrscht und Kolonien und jagten Büffel in Asien und Antilopen in Afrika und ihre Frauen waren Ladies und wohnten in Schlössern und schritten durch englische Gärten und tranken Tee und manchmal Absinth. Und englische Frauen mochten Blumen und sie organisierten Wohltätigkeitsbälle und Gartenpartys und so weiter und hatten Dienstpersonal, das weder lesen noch schreiben konnte. Und einmal drehte einer einen Film und der hieß HER MIT DEN KLEINEN ENGLÄNDERINNEN und keinesfalls hielt der Titel, was er versprach, denn die Engländerinnen waren zumeist blass und korpulent und einige von ihnen hatten sogar Akne.

Und viele Engländerinnen haben rote Haare und eine weiße Haut und gelten nicht als sonderlich schön und daher kommen viele Engländerinnen von heute aus anderen Ländern, aus dem Senegal und aus Nigeria und Jamaika und Venezuela und Brasilien und Thailand und Spanien und Rumänien und Russland und so weiter – und die sind dann schön und machen in England ein weitaus besseres Bild. Und viele Engländer sprechen nur Englisch und interessieren sich nicht für andere Sprachen und wenn jemand schlecht Englisch spricht, muss er sich zunächst bei den Engländern entschuldigen und die nicken dann wohlwollend und sagen NEVERMIND. Und Englisch ist eine Weltsprache und die Amerikaner sehen das ganz genauso und die sagen sogar, das amerikanische Englisch sei noch cooler und hipper und überall auf der Welt spreche man AMERICAN ENGLISH und rechne in Dollar und man lebe den AMERICAN WAY OF LIFE und die Engländer seien zwar Verbündete, aber sie, die Amerikaner, trügen die Verantwortung und hätten McDonald's und Stealth Bomber. Und die Engländer wiederum haben Scotland Yard und den Secret Service und Sonderkommandos und modernste Waffensysteme und so weiter.

Und in England gibt es viele Sexshops und dort kann man Pornofilme aus aller Welt kaufen und Penisvergrößerungspillen und Intimtoupets und einmal tätowierte sich ein Engländer I LOVE LOLA auf seine Brust und Lola hieß eigentlich Larissa und kam aus der Ukraine und später verliebte sich der Mann in Chantal und Ludmilla und so weiter und er ging mit ihnen zu allen Spielen von Arsenal und Liverpool und wenn Liverpool gewann, gingen sie zur Feier des Tages schön essen – zum BURGER KING. Und man sagt, der englische Fußball sei der beste der Welt, und alle lieben Beckham und Manchester United und in den Arbeiterbezirken kicken die jungen Leute gegen Blechdosen und sie prügeln sich und nennen sich Hooligans und dann treten sie auch gegen Menschen und Nigger und so weiter – aber lieben Beckham. Und Beckham war in seiner Jugend ziemlich schüchtern und seinem ersten Mädchen hatte er galant die Hand geküsst und seine Freunde hatten ihn ausgelacht und gesagt, er sei ein Filou und die Frauen wollten doch etwas ganz anderes – und Beckham wurde gröber und fing an, Fußball zu spielen. Und in England singen viele Menschen und machen Musik und gehen in Clubs und Bars und Diskotheken und nehmen ab und zu Drogen und englische Polizisten nehmen ihnen die Drogen ab und englische Richter schicken sie ins Sing-Sing. Und Jim

Morrison sang von einem besseren Leben und die Wahrheit ist ein Schacht nach unten und unten ist gar nichts, nur der Tod. Und ein andermal hatte ein englischer Professor zwei Kinder vergewaltigt und sie erwürgt und aufgegessen und die Engländer waren schockiert und der Meinung, dass dieser Engländer unmöglich ein Engländer gewesen sein könne, denn ein englischer Gentleman sei kultiviert und gebildet und befasse sich mit Philosophie und Wertewandel und Ehrgefühl und einer multikulturellen Gesellschaft.

Und englische Hunde befolgen Befehle und nehmen Aufgaben wahr und ein englischer Yorkshire erschnüffelte einmal eine Tonne Kokain und er hieß Timothy und man rief ihn liebevoll JIM! Und englische Hunde jagen Füchse und Dachse und sie werden gezüchtet und die Engländer treiben ihr Wild hoch zu Ross und früher ritten sie durch Kolonien und schnürten Teeballen und schürten Hass und jagten auch Wilde und Primitive. Und mit Dekadenz hatten viele Engländer so ihre Probleme und alles Neue und Moderne und Exotische galt gern als dekadent und das wiederum repräsentierten vor allem Franzosen und Holländer und so weiter. Und Russen und Polen und Rumänen und Bulgaren und Ungarn und Jugoslawen galten nie als dekadent, sondern als rückständig und hinterwäldlerisch und degeneriert. Und englische Männer tragen gern Regenschirme und Hüte und gelten als vornehm und englische Frauen tragen lange Röcke und trinken Tee und Gin und spielen Cricket und Canasta und Bingo. Und junge Engländer gelten als hip und cool und trendy und sie benehmen sich manchmal wie Amerikaner und gehen in Clubs, wo Slowakinnen und Polinnen und so weiter für sie tanzen. Und London ist weltoffen und tolerant und modern und dynamisch und englische Frauen mögen Lilien und Orchideen und gehen gern spazieren und englische Männer wiederum mögen Fußball und duellieren sich bisweilen. Und die Roten Khmer duellierten sich auch und lebten im Urwald und versteckten sich hinter Orchideen und über ihnen funkelte die Milchstraße und Millionen von Sternen und sie hatten da gar kein Auge dafür. Und England hat viel Hass in andere Länder exportiert, nach Indien und in den Nahen Osten und so weiter, und behauptet, künftig würden alle nur noch Englisch sprechen und die Welt würde organisierter sein und friedlicher – und in Kambodscha sprachen sie noch nie Englisch und genau da liegt das Problem. Und mit dem Englischen entfalten sich Geist und Körper und Toleranz und Friedfertigkeit und es gibt nur noch Wohlgefallen und in englischen Flüssen leben englische Fische und in englischen Meeren tummelt sich englisches Getier. Und einmal schlachteten zwei Afrikaner ein englisches Schaf und sie aßen es auf und nähten sich daraus Jacken, weil ihnen kalt war und sie wurden gestellt und einem englischen Richter vorgeführt und dieser ließ sie ausfliegen und die Afrikaner starben später in Nigeria im Bürgerkrieg und das Fell durften sie auch nicht behalten. Und Afrikaner gelten als gute Fußballspieler und Boxer und Leichtathleten und Rapper, sind aber keine Schwimmer und Bergsteiger oder gar Richter oder Kardinäle oder Könige oder Industrielle oder Wissenschaftler oder Politiker oder so ähnlich – jedenfalls nicht in England. Und afrikanische Familiengeschichten sind voller Baumwollplantagen und Unterdrückung und Buschleben und mit England hat das nun wirklich nichts zu tun.

Und die Belgier sind zu fünfundsiebzig Prozent Katholiken und zu zwölf Prozent Freisinnige und zu siebenundfünfzig Prozent Flamen und zu zweiunddreißig Prozent Wallonen und neunhundertfünfzigtausend Menschen leben in Brüssel und zweihundertachtundneunzig Belgier müssen sich einen Arzt teilen. Und ganz zufällig entdeckte ein belgischer Arzt Krebs erregendes Nitrofen in einem deutschen Bioprodukt und er war schockiert und entsetzt und testete weitere Produkte und kam zu dem Ergebnis, dass alle deutschen Bioerzeugnisse irgendwie belastet waren – und er informierte die Regierung. Und der Ministerpräsident verhängte daraufhin Sanktionen gegen deutsche Biowaren und alle Importe aus Deutschland mussten das Zertifikat NITROFENFREI tragen und eine Zeit lang ging das gut, aber dann erfuhr irgendeine EU-Komission davon und die wiederum sagte, dass das mit dem EU-Recht nicht vereinbar sei, und Belgien musste die Sanktionen mit sofortiger Wirkung zurücknehmen. Und als zweiter Staat nach den Niederlanden verabschiedete Belgien im Jahr zweitausendundeins ein Euthanasiegesetz und Ärzte dürfen danach aktive Sterbehilfe leisten, ohne eine strafrechtliche Verfolgung und Ächtung und so weiter zu riskieren.

Und die Luxemburger sind zu siebenundneunzig Prozent Katholiken und zu zehn Prozent Portugiesen und zu fünf Prozent Italiener und zu vier Prozent Franzosen und viele Luxemburger arbeiten bei Banken und Versicherungen und so weiter. Und einmal bezeichnete das französische Parlament das luxemburgische Bankengeheimnis als eine der größten Hürden im Kampf gegen Terrorismus und Geldwäsche und Drogenhandel und es kritisierte insbesondere die juristische Zusammenarbeit, da sich Luxemburg das Recht vorbehalte, Anfragen ausländischer Gerichte einfach zu ignorieren. Und Frankreich wiederum ignorierte lange Zeit die Bedenken irgendwelcher Umweltaktivisten, die sich gegen Atomversuche auf entlegenen Atollen aussprachen, weil sie ökologische Folgen für das Meer und unmittelbare Auswirkungen auf den Menschen befürchteten. Und auch Amerika und Russland und China und Großbritannien und Israel und Indien und Pakistan ignorierten diverse Anfragen und Einwände, weil sie ohnehin alles im Griff hatten und mithilfe von Atomraketen doch nur für Sicherheit und Stabilität auf der Welt sorgen wollen.

Und im Falle eines indisch-pakistanischen Atomkriegs rechnen Militärstrategen mit zwölfmillionen Toten und siebenmillionen Verletzten und Wissenschaftler wiederum sprechen sogar von dreißigmillionen Toten und sie gehen davon aus, dass vierundzwanzig Atombomben auf sieben indische und acht pakistanische Städte abgeworfen werden – je nachdem, wer anfängt. Und selbstverständlich sind in solchen Berechnungen keine langfristigen Folgen wie Krebserkrankungen und Seuchen und Hungersnöte und so weiter mit einkalkuliert. Und für ein hinduistisches Daseinsverständnis ist ja die Lehre vom Gesetz des Karmas charakteristisch, wonach jede Tat einen ihr immanenten Vergeltungsmechanismus freisetze, der zu einer guten oder schlechten Vergeltung in einem weiteren Leben führe, und was so ein Atomkrieg für ein weiteres Erdenleben bedeutet, kann noch kein Gelehrter richtig einschätzen. Und in Pakistan wiederum leben fast nur Muslime und die werden nicht wiedergeboren, die sitzen irgendwo auf einem Kissen und plaudern mit Mohammed und rauchen Pfeife und werden den ganzen Tag von feuchten Jungfrauen bedient und so weiter. Und im Jahr zweitausendundzwei wurde auf das amerikanische Konsulat in Pakistan ein Anschlag verübt und viele Menschen starben und eine Gruppe namens TARJUMAN AL QANOON (Wortführer des Gesetzes) bekannte sich zu der Tat und die sprach sogar vom HEILIGSTEN ALLER KRIEGE gegen die Ungläubigen und versprach ihren Kämpfern alle nur denkbaren Annehmlichkeiten und Extras im Jenseits.

Und die Deutschen sind zu dreiunddreißig Prozent Katholiken und zu dreiunddreißig Prozent Protestanten und das hält sich die Waage und sie sind zu drei Prozent Muslime und zu nullkommaeins Prozent Juden und das ist nicht immer so gewesen. Und in Berlin leben dreimillionendreihunderttausend Menschen und Ärzte haben in Deutschland viel zu tun und es gibt auch Ärzte, die singen und Gitarren haben und obendrein behaupten, die Herzen aller Mädchen zu brechen oder Blumen zu essen oder so ähnlich. Und im Jahr zweitausendundzwei erschoss ein Amokläufer sechzehn Personen in einem Gymnasium und er war selbst Schüler und besaß eine Gitarre und einen Computer und Computerspiele und die seien angeblich an allem schuld. Und die Deutschen verabschiedeten ein neues Waffengesetz und man darf jetzt in Deutschland erst mit einundzwanzig Jahren Waffen kaufen und Personen unter fünfundzwanzig Jahren müssen ein medizinisch-psychologisches Führungszeugnis vorlegen und minderjährige Sportschützen werden sogar von erfahrenen Erwachsenen betreut. Und deutsche Jäger müssen das alles nicht, die können weiter Waffen ankaufen, wann sie wollen – egal, wie alt sie sind. Und in Amerika kann sich sowieso jeder Waffen kaufen und es ist das (gute) Recht eines jeden Amerikaners, Waffen im Haus zu haben, um sich gegen Einbrecher und Vergewaltiger und Indianer und Schwarze und so weiter zur Wehr zu setzen. Und viele Menschen sterben an Schussverletzungen, was nichts mit Waffenverkäufen zu tun hat, sondern mit dem amerikanischen Temperament und der

Wildwestromantik und dem freien Wettbewerb. Und einmal kamen in Amerika zwei Jugendliche zu spät in die Schule und sie hatten ohnehin einen schlechten Tag und fühlten sich genervt und gehänselt und zogen ihre Waffen und schossen alles kurz und klein. Und viele Schüler starben oder wurden verletzt oder fielen in ein ganz tiefes Loch und alle waren sich einig, dass so etwas nie wieder passieren dürfe.

Und nach dem elften September bekundeten die Deutschen ihr Mitgefühl mit dem amerikanischen Volk und meinten, Solidarität sei die Basis einer besseren Welt und sie würden der Welt Frieden und Stabilität bescheren und sich für das Wohl aller einsetzen – eine historische Verpflichtung. Und einige Deutsche setzten sich sogar für Homosexuelle ein und sie ersannen Gesetze, wonach solche Lebenspartnerschaften der Ehe gleichgestellt wurden und vielen anderen Deutschen und Christen und Christdemokraten und so weiter ging das zu weit und die sahen die deutsche Ehe und Familie bedroht und protestierten dagegen und zeigten sich völlig konsterniert. Und in Bochum töteten einmal zwei Satanisten einen Menschen und sie stachen mit Messern zu und schlugen mit Hämmern auf ihn ein und beide wurden später in die Psychiatrie eingewiesen und einer von ihnen sagte, der Franz (das Opfer) sei doch ohnehin schwul gewesen. Und in der Psychiatrie begegneten sie Napoleon und Jim Morrison und Pol Pott und Ulrike Meinhoff und Adolf Hitler und Kaiser Franz Joseph und Fidel Castro und dem Papst und vielen amerikanischen Präsidenten und alle grüßten freundlich und spielten mit ihnen Karten oder Monopoly. Und es gibt in Deutschland über siebentausend Satanisten und die meisten von ihnen tragen schwarze Kleidung und haben eine

Katze und vertreiben sich die Zeit mit Sex und Drogen und Rock 'n' Roll. Und manche Deutschen behaupten, Satanisten seien Terroristen und Taugenichtse und Asoziale, die unwertes Leben darstellen, und die Satanisten wiederum behaupten, sie seien Werkzeuge der Vorsehung und eine permanente Kritik der Gesellschaft. Und viele Deutsche schlafen schlecht und nehmen Antidepressiva und haben ein Alkoholproblem oder Migräne und sind wetterfühlig und mürrisch und suchen im Internet ihre große Liebe.

Und deutsche Männer sind ordentlich und rasiert und sitzen gern in Vorständen und großen Autos und sind oft geschieden und zahlen Unterhalt oder Alimente. Und deutsche Frauen reden viel und deutsche Kühe geben nicht ganz so viel Milch und deutsche Frauen sitzen kaum in Vorständen und fahren kleinere Autos, zahlen aber selten Alimente oder Unterhalt. Und deutsche Männer sind Arbeiter und Ingenieure und Konstrukteure und Chemiker und Physiker und Mechaniker und sie gewöhnen sich schnell an Hierarchien und Gehorsam. Und die meisten Deutschen leben in großen Städten und Berlin ist eine Perle und die Deutschen sind ein Volk der Toleranz und Hoffnung und gesunden Skepsis. Und viele Deutsche haben Angst um ihren Arbeitsplatz und sie fürchten steigende Benzinpreise und Heizkosten und Steuerbelastungen und wählen gern Parteien, die sich für deutsche Arbeitsplätze und weniger Belastungen für deutsche Familien ein setzen. Und die Deutschen hatten schon immer Sinn für Gemeinschaft und neue Ideen und sie sind tüchtige Sportler und bereisen die Welt und fliegen nach Ibiza und Mallorca und Bibione und Phuket und in die Dominikanische Republik und buchen gern ALL INCLUSIVE und lieben Animateure und Schäferhunde und Schäferstündchen.

Und einmal schwängerte ein Deutscher eine Mulattin und er versprach ihr die Ehe und gab ihr hundert Mark und schwor, bald wiederzukommen – aber er ward nie mehr gesehen. Und die Mulattin brachte ein Kind zur Welt und sie starb bei der Geburt und das Kind starb zwei Jahre später in einem Waisenhaus, denn die Häuser in der Dominikanischen Republik sind nicht ganz so groß wie in Deutschland und auch nicht so sauber und diskret. Und die Deutschen mögen Würstchen und Sauerkraut und Schnitzel und sie halten viele Schweine und Kühe und Hühner in großen Fabriken und die werden dort gerupft und geschlachtet und zum Verzehr freigegeben – und einige Tierschützer behaupten, es gehe dort zu wie in Konzentrationslagern. Und die deutschen Fußballer sind die besten der Welt und einmal erschoss ein deutscher Fußballfan zwei Italiener, weil Deutschland ein Spiel gegen Italien verloren hatte und statistisch gesehen hat schon jeder Deutsche jemanden erschossen und Menschen sterben ja ohnehin und ein Leib wird schnell kalt. Und deutsche Jäger jagen deutsches Wild und sie schießen Bachen und Eber und streunende Hunde und trinken Weißbier und Schnaps und widmen sich alten Bräuchen und besinnen sich alter Stärken und schwenken Fahnen und lieben Autorennen und ihre Söhne heißen Siegfried und Dietrich und Hermann und Gerfried und Gunther und alle wären am liebsten Zehnkämpfer. Und die Deutschen mögen keine Holländer oder Franzosen oder Österreicher oder Tschechen oder Polen oder Slowaken oder Rumänen oder Bulgaren oder Jugoslawen oder so ähnlich und viele Deutsche bangen um ihren Arbeitsplatz und sie demonstrieren gegen Nulllohnrunden und Nulllösungen und prügeln sich mit Türken und Linken und werfen Brandbomben. Und viele junge Frauen aus

Osteuropa und Afrika und Asien arbeiten in deutschen Bordellen und statistisch gesehen gehen viele Deutsche in Bordelle und lassen so richtig mal die Sau raus.

Und die deutsche Sprache ist eine von Welt und sie ist klar und sachlich und man kann darin alles ausdrücken und relativieren und des Deutschen Fundament sei seine Sprache und sein Wille zu Vernunft und Tugend. Und die Deutschen leben in modernen Haushalten und haben Putzfrauen und Spülmaschinen und viele Putzfrauen stammen aus Polen und deutsche Männer putzen gerne ihren Mercedes und deutsche Frauen pudern sich die Nase und tragen gern Pelz. Und einmal lief ein Deutscher quer durch Afrika, um sich zu beweisen, und ein andermal schwamm eine Deutsche durch den Ärmelkanal, einfach nur so zum Spaß. Und Jim Morrison hatte kleine Füße und trug gern Turnschuhe und wenn Freunde zu ihm kamen, drehten sie gemeinsam einen Joint und tranken Wodka oder Cocktails. Und Jean Paul wiederum trank gern Rotwein und Bier und trug Krawatten und mochte Homosexuelle und als er starb, war seine Leber hart und er murmelte WIR WOLLEN'S GEHEN LASSEN.

Und die Deutschen mögen keine Homosexuellen und man behauptet, sie seien verklemmt und unsicher, und in Rostock und Hamburg und Stuttgart verprügeln Skinheads schon gern mal Homosexuelle oder solche, die wie Homosexuelle aussehen oder sich eigenartig benehmen, oder einfach nur all diejenigen, die anders aussehen als sie selbst. Und alle machen mit und jeder schaut weg und viele Deutsche haben Vorbehalte gegen Kurden und Araber und Marokkaner und Türken und Inder und Afghanen und Afrikaner und Chinesen und Österreicher und Bayern und Sachsen. Und die Roten Khmer hatten sehr viele Menschen getötet und die Deutschen hatten noch mehr Menschen getötet und die Amerikaner und Russen und Chinesen auch und die Rote Armee Fraktion hatte wiederum Deutsche terrorisiert und ihnen Angst gemacht und es gab für alles einen guten Grund.

Und die Zyprioten sind zu zweiundachtzig Prozent Orthodoxe und zu zwölf Prozent Muslime und in Nikosia leben zweihunderttausend Menschen und die Stadt ist geteilt und erinnert irgendwie an Berlin oder Korea. Und vierhundertachtundzwanzig Zyprioten müssen sich einen Arzt teilen und in den USA wiederum teilen sie durch dreihunderteinundachtzig und manchmal teilen sich sogar drei Amerikaner eine Frau oder ein Bett und so viel Unterschied ist da gar nicht – zu den Zyprioten. Und im Jahr zweitausendunddrei gaben die USA sechsmilliarden Dollar für den Krieg aus und viermilliarden Dollar bekam die Nationalgarde und dreimilliarden flossen nach New York und zweimilliarden gab man für Munition aus – die Arbeitslosenhilfe dagegen erhielt ganze fünfundsiebzigmillionen Dollar. Und die Zyprioten gaben ja keinen Cent für all das aus und waren froh, damit nichts zu tun zu haben, auch wenn sich ihre paar Arbeitslosen schon gefreut hätten.

Und die Malteser wiederum sind zu einundneunzig Prozent Katholiken und zu zwei Prozent Briten und in Valletta leben neuntausend Menschen und die Alphabetisierungsrate beträgt nur neunzig Prozent. Und die Insel besteht aus Kalk und Karst und achthundertneunzig Malteser müssen sich einen Arzt teilen und die Ärzte beschweren sich langsam, weil kaum noch junge Kollegen nachkommen und sie immer mehr zu tun haben und immer weniger dafür bekommen. Und in den USA mangelt es an Arbeitsplätzen, weil immer mehr Stellen abgebaut werden und alle

Ressourcen zu Militärs und Patrioten und reichen Säcken und so weiter wandern – im Jahr zweitausendunddrei betrugen die Militärausgaben dreihundertsiebenundsiebzigmilliarden Dollar und nur acht Jahre zuvor waren es einhundertundviermilliarden Dollar weniger. Und Delta Airlines ließ in den USA dreizehntausend Arbeitsplätze auf und American Express vierzehntausend und Hewlett Packard fünfzehntausend und Honeywell sechzehntausend und DaimlerChrysler neunzehntausend und General Electric zweiundzwanzigtausend und Boeing dreißigtausend und Motorola dreiundvierzigtausend Arbeitsplätze und so weiter.

Und die Österreicher sind zu vierundachtzig Prozent Katholiken und zu sechs Prozent Protestanten und die meisten haben Großmütter aus Tschechien oder Slowenien oder Polen oder Ungarn. Und in Wien leben einemillionfünfhunderttausend Menschen und zweihundertunddreißig Österreicher müssen sich einen Arzt teilen und einmal stellten sie in einem Krankenhaus eine Pflegerin ein und die war ordentlich und tüchtig und tötete dutzende Menschen, weil sie sich für Gottes Beitrag hielt. Und später behauptete sie in den Medien, ein Engel sei ihr eines Nachts erschienen und der habe darum gebeten, die Alten und Kranken und Armen von ihren Leiden zu erlösen, und sie solle sein Werkzeug sein, da er selbst zwei linke Hände hätte. Und eine Partei wollte einmal den Österreichern Kindersegen bescheren und sie zahlte Prämien für jedes Kind und die Kinder wurden trotzdem nicht mehr – aber das Geld weniger. Und ein andermal wurde das österreichische Volk befragt, was es von diesem und jenem halte, und das tut man gern in Österreich, denn die auflagenstärkste Zeitung sagt dem Volk zuvor, wie es antworten müsse und warum etwas richtig oder falsch sei. Und das

Volk im Kongo oder in Angola oder Tansania oder Burkina Faso oder so ähnlich wird nie befragt und keiner erklärt dort niemandem etwas und die Felder verdorren und Kinder verhungern und Heuschrecken ziehen über das Land und warum das so ist, weiß nur Gott – es steht jedenfalls in keiner Zeitung. Und in vielen Ländern müssen Kinder arbeiten gehen und die meisten Kinderprostituierten gibt es in Brasilien und Thailand und Indien und Amerika und Sri Lanka und auf den Philippinen und in Österreich gibt es sie auch, aber man spricht nicht darüber oder es bleibt in der Familie. Und im Jahr zweitausendundzwei gelang dem FBI ein Schlag gegen einen Kinderpornoring und in Amerika wurden daraufhin Priester festgenommen und Sporttrainer und Schulbusfahrer und Schulwarte und Pflegeeltern und Heimdirektoren und Republikaner und Demokraten und so weiter.

Und in Österreich leben viele Türken und die sprechen schlecht Deutsch und sagen WO SEIN THALIASTRASSE und WAS MACHEN KOLLEGA und NIX WISSEN CHEF und so weiter. Und die Österreicher trinken viel Bier und Wein und essen Schnitzel und Gulasch und kaufen gern Pornofilme und jeder tut mit und in der braunen Donau sterben die Huchen und es gibt immer weniger Edelweiß und Enzian und das Artenschutzprogramm nützt da gar nichts. Und die Österreicher bauen gern Wasserkraftwerke und lieben sauberen Strom und sie bauen sogar Atomkraftwerke und nehmen sie dann nicht in Betrieb und sie kaufen alte Flugzeuge und fliegen einmal im Jahr über den Heldenplatz und dann marschieren auch Soldaten und die werden immer weniger und Zivildiener immer mehr. Und einmal rauchte ein Zivildiener einen Joint und Jim Morrison rauchte auch gern Joints und die Rolling Stones und Aerosmith und

ABBA und Joe Cocker und DJ Ötzi und Kruder und Dorfmeister und so weiter auch, aber nur der Zivildiener musste zur Drogenberatung und der bekam dort eine Therapie vom österreichischen Staat, bei der ihn dann andere Zivildiener betreuen mussten und mit ihm Bier und Wein und Whisky tranken. Und jährlich sterben viele Österreicher an Alkoholfolgen oder haben ein Leben lang Depressionen – und viele davon sind beim Bundesheer.

Und österreichische Männer sind kernig und stramm und sie leben in den Alpen und im Alpenvorland und in der Marchebene, aber auch in Städten wie Wien und Linz und Graz und Innsbruck und Salzburg und sie putzen selten Toiletten und duschen durchschnittlich zweimal die Woche. Und österreichische Männer sind konservativ und übergewichtig und verklemmt und sie leben bei ihren Müttern und manchmal haben sie eine Freundin aus Thailand oder Bali und sind oft verheiratet oder frisch geschieden. Und österreichische Frauen sind schwer beschäftigt und sie arbeiten in Scheunen und auf Almen und Feldern und halten das Haus sauber und gehen in die Kirche und fürchten um ihr Seelenheil, wenn sie nicht regelmäßig beichten. Und die Österreicher fürchten sich vor Drogen und steigender Kriminalität und die Österreicherinnen wiederum fürchten Vergewaltigungen durch Türken oder Afrikaner oder so ähnlich. Und Österreicher waschen durchschnittlich zweimal in der Woche ihr Auto und im Sommer öfter und im Winter weniger, denn da ist es ihnen zu kalt und die Sonne scheint auch nicht so oft. Und Österreicherinnen waschen gern Wäsche und dürfen wählen gehen und sie wählen oft konservativ und bürgerlich und sind frigide und frustriert. Und Österreicher mögen keine Deutschen und Tschechen und Slowenen und Slowaken und Schweizer und Albaner und Jugoslawen und Türken und Rumänen und Bulgaren und Russen und so weiter und sie fürchten um ihre Arbeitsplätze und wählen Parteien, die sich für österreichische Arbeitsplätze einsetzen und für den kleinen Mann – und die kleine Frau weniger. Und eine kleine Frau heißt FRÄULEIN und die Österreicher sagen gern Fräulein und sie lassen sich Kaffee holen und Kopien machen und sagen FRÄULEIN DORIS, KÖNNEN SIE und Fräulein Doris kann und kommt und bringt Kaffee und Kopien und Gebäck dazu.

Und einmal demonstrierten viele Leute in Wien und der Heldenplatz war gefüllt und alle waren solidarisch und human und gegen eine Politik der Ausgrenzung und Intoleranz. Und ein andermal hatten viele Leute in Wien gejubelt und der Heldenplatz war gefüllt und alle waren froh und im Aufbruch in eine neue Zeit und sie riefen einander zu und nach und ihre Hunde wedelten und jaulten und sie reckten die Hände unter den Fahnen. Und wieder ein andermal hatte Österreich gegen Deutschland gewonnen und die Deutschen wollten nie wieder Fußball spielen und sie stornierten ihren Urlaub in Österreich und fuhren lieber in die Schweiz und nach Bayern – und die Österreicher jubelten und fanden sich am Heldenplatz ein. Und nur die österreichischen Wirte meinten, das seien doch alles TROTTLN, die nicht über ihren Tellerrand hinaussähen, und ihnen, den Wirten, stünden jetzt die Betten leer und das Wasser bis zum Hals. Und in Wien sieht man überall Kaiser und Kardinäle und Bischöfe und so weiter und man geht gern auf Bälle und Empfänge und trägt Uniformen und Orden und beichtet zuvor. Und man sitzt mit Vorliebe im Hotel Sacher oder im Café Hawelka oder beim Heurigen oder in der Sonntagsmesse und erinnert sich an die gute alte Zeit. Und manchmal kann man die Geschichte nicht fassen und sieht sich als Opfer und hält nichts von Gesinnungswandel und Gemütlichkeit. Und die Geschichte hatte als Allegorie begonnen, doch dann verloren die Habsburger viele Schlachten, wohingegen die Preußen viele gewannen – und Napoleon auch. Und die Habsburger wiederum heirateten viel und jagten in böhmischen Wäldern österreichisches Wild und letzten Endes hat alles nichts genutzt und eine andere Zeit kam und im Westen ging die Sonne unter und Dunkelheit zog auf und es kam der Erste Weltkrieg und der Zweite und es florierte das Neue und die Ehre war alles und sie hieß plötzlich Treue.

Und die Österreicher sind hervorragende Schifahrer und der österreichische Schiverband ist groß und mächtig und alle halten zusammen und springen gemeinsam in Breschen und pflügen Pisten und locken Touristen ins Land und über den Nationalparks kreisen die Adler und Geier. Und einmal erzählte ein Japaner anderen Japanern, er habe in Wien Mozart gesehen und ihn fotografiert und dieser habe eine weiße Perücke getragen und sei sehr freundlich gewesen und habe sogar etwas Japanisch gesprochen (und Karten für ein Konzert verkauft). Und in Japan mögen sie Blumen und keiner darf das Gesicht verlieren und alle sind Samurai oder bei der Yakuza und in Österreich sind alle beim Bauernverband und bauen Rüben an oder Kartoffeln und Raps. Und einmal sagte ein österreichischer Schauspieler, er sei homosexuell, und alle Österreicher wunderten sich und waren irritiert und ein paar Frauen weinten und ein paar Kinder fragten ihre Mütter, was denn homosexuell bedeute und ob der Mann sterben müsse. Und viele Österreicher haben Angst vor Briefbomben und Atomkraftwerken und träumen von der blauen Donau und vom

Walzertakt, aber die Donau ist braun und Walzer kommt bei der Jugend allmählich außer Mode. Und die Afrikaner verkaufen gern Drogen und die Kolumbianer produzieren Kaffee und ohne Kaffee geht in Österreich gar nichts und ohne Afrikaner schon.

Und einmal wurde in Österreich ein Afrikaner durchsucht und der Mann war Diplomat und die Polizisten kannten keine schwarzen Diplomaten und wussten nur etwas von schwarzen Schafen und sie legten ihm Handschellen an und zogen sich Handschuhe über und schoben ihm eine Sonde in den Anus. Und wieder andere Polizisten brachen einmal einem afrikanischen Studenten die Nase und sagten zu ihm DON'T BE STUPID, NIGGA und die Polizeidirektion händigte später seinem Anwalt ein Entschuldigungsschreiben aus und da stand THE VIENNESE POLICE APOLOGIZES FOR RAISING THE IMPRESSION OF DISREGARD OF DIGNITY OF MAN. Und einem anderen Afrikaner wurde irgendwann der Mund verklebt und die Nase und der Mann schrie und hatte Angst und die Polizisten sagten, der Mann habe geschrien und um sich getreten und sie hätten Angst bekommen. Und später schrie der Afrikaner nicht mehr und starb und die Polizisten waren überrascht und sie wurden vom Dienst suspendiert und bekamen acht Monate und Bewährung.

Und die Slowenen sind zu siebzig Prozent Katholiken und zu einem Prozent Lutheraner und Muslime und Atheisten und in Ljubljana leben dreihundertdreiundzwanzigtausend Menschen und vierhundertsechsundneunzig Slowenen müssen sich einen Arzt teilen und die besten Stücke bekommen wie immer die Reichen und Schönen. Und in Somalia wiederum müssen sich zwanzigtausend Menschen einen Arzt teilen und der Gesundheitszustand der Bevölkerung ist so schlecht, dass er kaum ins Gewicht fällt. Und er behandelt dort die Malaria und Tuberkulose und Tetanus und Ruhr und Lepra und Masern und Kinderlähmung und Aids und alle möglichen Arten von Traumata und gegen fast alles helfen Traubenzucker und ein Glas sauberes Wasser. Und in Somalia gibt es ganz viele Bodenschätze wie Gold und Silber und Blei und Chrom und Eisen und Kupfer und Mangan und Nickel und Titan und Uran, aber die konnten bis heute nie so richtig erschlossen werden, geschweige denn der Bevölkerung zu etwas mehr Wohlstand und besseren Ärzten und Therapeuten und so weiter verhelfen. Und die Ärzte in Slowenien behandeln vor allem grippale Infekte und Allergien und Schleimbeutelentzündungen und Regelbeschwerden und sie haben moderne Geräte und Labors und Kliniken.

Und die Italiener sind zu dreiundachtzig Prozent Katholiken und zu sechzehn Prozent konfessionslos und viele Katholiken glauben ja, dass Konfessionslose mit Satanisten sympathisieren und Gott sie strafen werde. Und nur vierundneunzig Prozent der Italiener sind auch wirklich Italiener, denn drei Prozent sind Sarden und drei Prozent Afrikaner und Türken und Kroaten und Griechen und Albaner und so weiter und die Italiener sagen, die seien nicht echt und sie nennen sie STUPIDO. Und in Rom leben zweieinhalbmillionen Menschen und im übrigen Italien siebenundfünfzigmillionen und zweihundertundelf Italiener müssen sich einen Arzt teilen und auf einen Italiener wiederum kommen zwölf Hunde und achtunddreißig Katzen und zweihundert Ratten und zwanzigtausend Heuschrecken und so weiter. Und in Italien gibt es viele Verfahren wegen Korruption und Wettbewerbsvorteilen und man bemüht alle Instanzen und leistet sich teure Anwälte und später folgen Freisprüche und Steueramnestie und Buffetdinner. Und einmal erschossen die Roten Brigaden einen Berater der italienischen Regierung und davor wiederum erschossen sie einen Mitarbeiter des Arbeitsministeriums, um zu demonstrieren, was sie von der Regierung hielten.

Und einhundertfünfzigtausend Frauen aus Südamerika und Osteuropa arbeiten illegal in italienischen Haushalten und putzen und kochen und sorgen für den Hund und die Kinder und die Italiener schauen ihnen auf den Busen und die Italienerinnen sehen das gar nicht so gern und den Roten Brigaden ist das ganz egal, die schießen lieber und schauen erst dann. Und insgesamt arbeiten dreieinhalbmillionen Menschen illegal in Italien und der Schaden beträgt sechzigmilliarden Euro im Jahr, was in etwa dem Jahresumsatz von Fiat entspricht oder so ähnlich. Und im Jahr zweitausendundzwei verboten die Italiener und Italienerinnen das Klonen und eine Französin wiederum verkündete die Geburt eines Klonbabys in Amerika mit den Worten WIR NENNEN SIE LIEBEVOLL EVE und sie war Bischöfin der Realianersekte und die Realianer glauben ja, dass alles Leben auf Erden vor fünfundzwanzigtausend Jahren mithilfe von Gentechnik erschaffen worden sei und das Klonen ewiges Leben ermögliche. Und die Katholiken in Italien glauben auch an das ewige Leben und den Himmel und Silvio und Romano glauben, was immer sie wollen, und die Erde bebt und Papier ist geduldig. Und einmal behauptete ein italienischer Ministerpräsident, dass das Abendland der islamischen Kultur überlegen sei, was Jordanier und Ägypter und Saudis und Libyer und Algerier und Syrer und Iraker und Iraner und so weiter natürlich ganz anders sahen, und die demonstrierten dagegen und wollten künftig weniger Öl fördern und die Italiener müssten dann zu

Fuß gehen und an ihrem Glauben zweifeln. Und die italienische Regierung demonstrierte Entschlossenheit und protestierte gegen ein erweitertes Europa und forderte einen höheren Anteil an Subventionen für italienische Landwirte und der Präsident des italienischen Bauernverbandes schrieb an den Ministerpräsidenten und zeigte sich von dessen Weitsicht beeindruckt und versprach uneingeschränkte Kooperation zum Wohle Italiens.

Und in Italien blühen Olivenhaine und italienische Männer und Frauen ernten Oliven und Trauben und Gottes Segen und die Geschichte ist fruchtbar und voller mediterraner Ironie und Zwistigkeiten und dunkler Schächte. Und einmal schrieb Shakespeare, er liebe Italien und die Italiener seien reizbar und emotional und latent und labil und dies alles biete ausreichend Stoff für Romane und Theaterstücke und Romeo und Julia und Wie es euch gefällt. Und italienische Frauen liegen gern in der Sonne und werden gefüttert und man nennt sie CARA und BELLA und BELLISSIMA und so weiter und steckt ihnen Trauben in den Mund und Parmesan und Oliven und mehr. Und sie haben etwas Göttliches und Erhabenes an sich und wenden ihr Haupt wie Sonnenblumen, immer der Sonne zu, als gäbe es nichts Schöneres unter der Sonne, als unter der Sonne zu sein.

Und einmal kaufte ein italienischer Mann seiner Frau zum Geburtstag einen Vibrator und die Frau wurde emotional und reizbar und latent und sie warf Geschirr an die Wand und Wäsche aus dem Fenster und der Haussegen hing schief und sie erzählte auch noch alles ihrer Mutter. Und der Mann war verlegen und er hätte doch nur für Abwechslung sorgen wollen und für Variation und Geselligkeit. Und Dante wiederum mochte Geselligkeit sehr und machte sich so seine Gedanken über Italien und er schrieb etwas über eine Hölle, in der man herumwandert und allerlei Grauslichkeiten sieht. Und Dante wandelte auf verworrenen Pfaden durch Italien und sah gern der Sonne zu und hatte Angst im Dunkeln. Und der Papst trug eine weiße Robe und seine Hände zierten Ringe aus Gold, die besetzt waren mit Diamanten und Smaragden und Rubinen und so weiter, und die Inquisition sorgte dafür, dass es so blieb.

Und in Peru und Mexiko und Ägypten und so weiter regierten die Gottkönige und in Europa regierten die Götter und Gottes Hände auf Erden, die Kaiser und Päpste und Adeligen und Bischöfe und das Gold habe schon damals so schön geglänzt. Und einmal brannte man einer italienischen Frau ins Fleisch GOTT SIEHT DICH und ihre Kinder starben später auf dem Scheiterhaufen. Und viele Touristen besuchen Italien und sie lieben Florenz und fahren auch nach Rom und Mailand und Venedig und so weiter und später bereisen sie die ganze Welt und waten durch Brackwasser an der Ostsee und schlendern über atlantischen Sand und schlafen ein im Dunkeln, als ob gar nichts geschehen wäre. Und italienische Hunde wiederum streunen durch die Toskana und schnappen nach Motten und hüten Schafe und ihre Welpen machen es ihnen nach, sie knurren bei Dunkelheit und bleiben immer wachsam. Und sie heulen gern und bei Gewittern kauern sie am Straßenrand und wenn man genau hinsieht, kreuzen sie dabei sogar ihre Pfoten. Und Jim Morrison besaß nie einen Hund, aber er besaß eine Hundeleine und ein Halsband und manchmal hat er schon auch sein Bett markiert und die Frauen leidenschaftlich beschnuppert.

Und einmal wurde ein italienischer Mann von einem Blitz getroffen und er fiel von einem Felsen und brach sich dabei das Genick und der Arzt sagte später, er habe großes

Glück gehabt, denn sonst säße er für immer im Rollstuhl. Und Italienern liegt fast alles im Blut und sie sind ausgezeichnete Tänzer und Liebhaber und Hundehalter und Sänger und Gourmets und Eroberer und manchmal entscheidet ja Blut über das Schicksal eines Volkes und niemand kann daran etwas ändern. Und in Italien spielt das Tempo eine entscheidende Rolle und es leben dort weniger Phlegmatiker und Allergiker und Alkoholiker als in Norwegen und Schweden und Finnland und Island und Russland, aber es gibt viele Choleriker und Romantiker und Impulsive, dafür kaum Seekranke oder Spastiker. Und die Italiener fürchten sich vor Gewittern und Anschlägen und sie schreien laut beim kleinsten Anzeichen von Schmerz oder Wertewandel. Und einmal verübten ein paar Italiener einen Anschlag und sie töteten Richter und Polizeibeamte und meinten, dies gehöre zu ihrem politischen Kampf und Selbstverständnis und so weiter, und ein anderer Richter hatte später ein Einsehen und sie bekamen zehn Jahre und ordentliche Zellen und Bewährung und hatten viel Geld und fuhren schnelle Autos und stammten eigentlich aus bescheidenen Verhältnissen. Und ein andermal hatte die Justiz in Italien einen Bombenanschlag vereitelt und sie feierte dies als großen Erfolg im Kampf gegen das organisierte Verbrechen und eine Woche später explodierte eine große Bombe und es starben fünfzehn Menschen, alles Italiener, die zur Arbeit fuhren und noch gar nicht gefrühstückt hatten. Und sie lasen gerade ihre Zeitung oder sahen aus dem Fenster und schworen sich, nie wieder den Bus zu nehmen. Und Ironie ist verdeckter Spott und die Römer sprachen von IRONIA und entlehnten das aus dem Griechischen EIRONEIA und die Griechen meinten da noch Heuchel oder bestenfalls Unwissenheit.

Und Busse sind in Italien selten pünktlich und Schulbusfahrer emotional und reizbar und latent explosiv. Und ein italienischer Philosoph schrieb einmal, er sei latent philosophisch und er fühle sich von Zweckdenke getrieben und könne selten schlafen und sein Inneres sei ein Konstrukt und das Äußere mache Falten. Und die Italiener betonen die zweite Silbe, als wollten sie das Leben unnötig in die Länge ziehen, wohingegen die Tschechen die erste Silbe betonen, als wollten sie das Leben unentwegt verkürzen. Und das Leben macht ohnehin, was es will, und schert sich nicht um Italiener und Tschechen, da kann man Silben betonen, wie man will. Und einmal presste ein italienischer Wunderheiler heiliges Öl und er versprach allen ewiges Leben oder ein zumindest sehr langes und meinte, man müsse der Natur Achtung entgegenbringen und dürfe sich die Gedanken nicht von Modernität und Zivilisation und Mobiltelefonie trüben lassen. Und manche Menschen hörten auf ihn und die waren plötzlich überhaupt nicht mehr UP TO DATE.

Und in Italien geschehen viele Wunder und die Leute streiken und malen Fresken und hören Libretti und überall fließt heiliges Blut und die Altäre erstrahlen und die Madonnen leuchten. Und die Erde bebt und es ziehen Heilige Kriege auf und Heilige Reiche und Herrscher und Eiserne Fäuste und Opfermut und Wille zu besseren, weil friedlicheren Zeiten. Und einmal schrieb in einem italienischen Bordell jemand DER PAPST SIEHT DICH auf die Wand und viele Italiener bekreuzigten sich und andere gingen ganz schnell nach Hause und niemand wusste, ob das wirklich stimmt und welcher Papst und ob er ganz genau hinsieht. Und in einem Pornofilm zeigten sie einmal den Papst und er trug eine weiße Robe und einen Bart und sah aus wie

Nikolaus und trieb es mit Rumäninnen und Tschechinnen und Ukrainerinnen und so weiter und für etwas mehr Gage hätte er es sogar mit Tieren getrieben.

Und die Ungarn sind zu vierundsechzig Prozent Katholiken und zu dreiundzwanzig Prozent Protestanten und zu eineinhalb Prozent Roma und die Roma glauben an verschiedene Götter und sind Nomaden und haben Schmutz unter ihren Fingernägeln und sind faul und arbeiten kaum. Und dreihundertundvierundvierzig Ungarn müssen sich einen Arzt teilen und der behandelt am liebsten Österreicher und ihre Zähne und kämpft entschieden gegen Parodontose und Karies und so weiter. Und im Jahr zweitausendundzwei beschloss die ungarische Regierung, dass sie die Auslandsungarn vor Assimilierung und Diskriminierung und Bedeutungslosigkeit schützen möchte und alle erhielten einen Ausweis zugesandt, der bescheinigte, dass sie Ungarn waren. Und sie bekamen das Recht zugesprochen, drei Monate im Jahr in Ungarn arbeiten zu dürfen und Bibliotheken und Spektralbeschleuniger und Reagenzgläser und überhaupt alle Forschungseinrichtungen kostenlos nutzen zu können. Und alle männlichen Ungarn bekamen auch noch Eintrittskarten für ein Spiel der Fußballnationalmannschaft und alle weiblichen Ungarn wiederum bekamen Waschmittelproben und eine kosmetische Beratung.

Und einmal ging eine Ungarin zum Juwelier und bezahlte mit Falschgeld und später wurde sie verhört und beteuerte ihre Unschuld und versprach, umgehend ihre Bank zu wechseln, und als man bei ihr zu Hause weiteres Falschgeld entdeckte, wurde sie verhaftet und vor Gericht gestellt. Und einige Journalisten behaupteten, Falschgeld sei schon immer ein Problem gewesen, entweder habe es zu viel davon gegeben oder zu wenig – es grenzt an Zynismus. Und die Ungarin fand milde Richter und war schon bald wieder auf freiem Fuß und alle waren ihr gewogen, weil sie blonde Haare und einen Schmollmund hatte. Und ein paar Monate später ging sie zum selben Juwelier und kaufte dort eine Perlenkette und bezahlte mit VISA – und beide mussten lachen. Und bald gab es auch elektronisches Falschgeld und das muss man sich so vorstellen, dass man mit virtuellem Geld bezahlte, das nicht echt war und ganz besonders schwer von echtem virtuellen Geld zu unterscheiden. Und die Union beschloss, etwas gegen Falschgeld zu tun, und sie schuf ein Programm und nannte es PERIKLES und das Projekt war multidisziplinär und mathematisch und so etwas wie ein großer Computer, der echtes virtuelles Geld von unechtem unterscheiden kann. Und der echte Perikles lebte einst in Athen und machte Demokratie und setzte sich für Minderbemittelte und Degenerierte und Außenseiter und so weiter ein und er galt als hygienisch und weltmännisch und Geld war ihm als solches eigentlich egal. Und das Geld in Ungarn wiederum wurde mit der Zeit weniger und machte alles teurer, als es in Wirklichkeit war und die Ungarn protestierten dagegen und hatten Angst, dass Europa sie teuer zu stehen komme. Und sie konnten es sich bald nicht mehr leisten, ungarische Qualitätsprodukte zu kaufen, und prozentual gesehen waren Tomaten am teuersten, gefolgt von Weißkohl und Kiwis und Ölsardinen.

Und ungarische Männer können gut reiten und tanzen und haben einen spitzen Bart und ein heiteres Gemüt und früher zogen sie durch die Puszta und jagten ungarisches Wild und der ungarische Adel hielt sich junge Mägde und noch jüngere Burschen und verstand sich gut mit Österreich. Und ungarische Frauen haben Feuer im Blut und sie sind rassig und tragen gern Trachten und Mieder und junge Ungarinnen mögen Make-up und Hot Pants und Spitzenunterwäsche und sind impulsiv und gelenkig. Und die Ungarn galten als fortschrittliche Kommunisten und sie konnten gut wirtschaften und sich für neue Konzepte begeistern und so weiter, aber in Wahrheit waren sie Kommunisten wie alle anderen auch. Und die ungarischen Krähen ziehen im Sommer nach Russland und die russischen Krähen ziehen im Winter nach Ungarn und alle tragen schwarz und krächzen, was das Zeug hält. Und die Ungarn mögen es bunt und sie lieben weiß und rot und grün und gelb und einmal schlug ein Ungar seine Frau grün und blau, weil er fand, dass ihr die Farbe gut stehe. Und Jim Morrison wurde in seiner Kindheit auch geschlagen und später erst begann er, zu singen und Gitarre zu spielen, und in seinen ersten Liedern sang er vom Vater und Onkel und davon, dass er siebzehn war. Und die Ungarn singen auch gern und trinken Schnaps und lieben scharfes Essen und Peperoni und Chili und RED HOT CHILI PEPPERS. Und die gaben einmal in Budapest ein Konzert und es kamen hunderttausend Ungarn und genauso viele starben auch in Kämpfen gegen Slowaken und Deutsche und Serben und Russen und Rumänen – und andere Ungarn.

Und im Jahr neunzehnhundertundneunundvierzig wurden die Ungarn eine Volksrepublik und manchmal ist die Geschichte kaum zu fassen und voller Opfer und Gesinnungswandel. Und einmal querte ein Ungar Europa auf allen vieren und er zog durch Wien und Prag und München und Stuttgart und Straßburg und Paris und demonstrierte so seine Verbundenheit mit Vierbeinern und politisch Diskriminierten und allen Menschen in der Dritten Welt und so weiter und teilweise kroch er sogar, um der metaphorischen Bewandtnis seiner Reise zusätzliche Bedeutung zu verleihen. Und der Mann galt in Ungarn als Sonderling und manche Ungarn behaupteten, er hätte slowakische Vorfahren und die Slowaken seien ja degeneriert und der aufrechte Gang bereite ihnen noch heute Schwierigkeiten. Und als die Ungarn noch Kommunisten waren, trafen sie sich im Dorfgasthaus und hatten Schwielen an den Händen und hielten Schweine und Hühner und waren doch die westlichsten und modernsten Kommunisten überhaupt. Und als die Ungarn noch Monarchisten waren, bestellten sie ihre Felder oder bestimmten die Geschichte oder lagen irgendwo in der Puszta und hatten ungeschützten Geschlechtsverkehr. Und als die Ungarn noch Nomaden waren, trugen sie Bärte und Mützen und Speere und Bögen und jagten Steppenwild und verachteten Vegetarier. Und als sie schließlich im einundzwanzigsten Jahrhundert so langsam Europäer wurden und im Westen lebten und der Union vorstanden, trugen sie Anzüge und sprachen Englisch und waren überaus eloquent.

Und einmal kauften die Dänen ganz viel ungarischen Exportweizen, denn der war billiger als jede andere Weizensorte und die Dänen fütterten damit ihre Schweine und Kühe und verkauften sie dann nach Ungarn, weil die wiederum billiger als ungarische Schweine waren. Und der ungarische Bauernverband schrieb eine Beschwerde an den dänischen Bauernverband und darin drohte man, ungarischen Weizen so teuer zu machen, dass ihn keiner mehr kaufe, geschweige denn ein Däne – aber daraus wurde nichts, denn die Ungarn mochten dänische Schweine, sie schmeckten gut und wurden immer billiger. Und die ungarischen Bauern gaben nicht auf und sie appellierten an ihre Landsleute und ketteten sich an ungarische Schweine, um so auf ihre existenzielle Bedrohung aufmerksam zu machen. Und als das alles nichts nutzte, behaupteten sie, dass dänische Schweine sehr viel Cholesterin und Schwermetalle und karzinogene Stoffe und so weiter enthielten. Und ein ungarischer Bauer erschoss sogar Frau und Kind, weil er sie nicht mehr ernähren konnte und legte ihre Körper vor die dänische Botschaft. Und als dann endlich die Kommunisten kamen, war Schluss mit dänischen Schweinen und die Bauern atmeten erleichtert auf.

Und bevor die Ungarn Kommunisten wurden, trugen sie Adelstitel und sympathisierten mit dem Feudalismus und dem Imperialismus und hießen Graf Teleki oder Graf Bethlen oder Graf Karolyi und es gab keine Pornofilme und Vibratoren im pannonischen Becken – und auch kein Fast Food. Und neunzehnhundertundzwanzig wurde in Ungarn das geheime Wahlrecht aberkannt und man wählte wieder öffentlich und ungarische Männer mussten mit vierundzwanzig wählen gehen und ungarische Frauen mit dreißig, aber sie wählten stets das Gleiche wie ihre Männer. Und die wiederum diskutierten die Wahl und beglückwünschten sich und sagten, was sie nicht für kluge Frauen hätten. Und in Österreich hatten sie ebenfalls kluge Frauen und in Frankreich und Deutschland und England und Italien und Spanien und Portugal und Griechenland und Russland auch und alle wählten sie und lebten in einer aufregenden Zeit und die Tage zogen nur so vorüber und ungarischer Weizen war billig und dänische Schweine ebenfalls.

Und die Portugiesen sind zu vierundneunzig Prozent Katholiken und zu null Prozent Protestanten und Juden und Muslime und so weiter und in Lissabon leben achthundertunddreißigtausend Menschen und es gibt insgesamt zehnmillionen Einwohner. Und viele Portugiesen beteiligen sich an Lottoziehungen und Glücksspielen und träumen vom großen Geld und einem schönen Haus am Meer oder irgendwo auf einem Hügel im Hinterland. Und im Jahr neunzehnhundertundfünfundneunzig wurden die Portugiesen gefragt, welche europäische Nation ihnen am unfreundlichsten schiene, und sie entschieden sich mit überwältigender Mehrheit für Deutschland und die Schweiz. Und ein halbes Jahr später wurden sie wieder gefragt, diesmal, wo sie am liebsten arbeiten und leben möchten und so weiter, und sie votierten für Deutschland – und die Schweiz. Und einmal wurden zwei Portugiesen als internationale Wahlbeobachter nach Gambia beordert und sie packten die Koffer und flogen nach Banjul und sprachen dort mit Lokalpolitikern und Wahlhelfern und versprachen, sich so weit als möglich einzubringen. Und am nächsten Tag gingen sie zum Parlament und schlugen den zwei darin vertretenen Parteien, der Allianz für patriotische Reorientierung und Aufbau und der Demokratischen Volksorganisation für Unabhängigkeit und Sozialismus, eine ganz neue Wahlmethode vor. Und später, am Wahltag steckten die Wähler keine Wahlzettel in Urnen, sondern sie warfen Glasmurmeln in bemalte Metallfässer ihrer Wunschkandidaten und eine kleine Glocke, die von der Murmel im Inneren des Fasses angeschlagen wurde, verhinderte ein Mehrfachwählen. Und zuvor wurden Fahrräder in der Nähe von Wahllokalen verboten, da deren Glocken Verwirrung hätten hervorrufen können – und Kirchen mit Glockentürmen und Stereoanlagen und so weiter waren kein Problem, denn es gab so gut wie keine Christen und Wohlstand auch nicht

Und die Tschechen sind zu dreiundvierzig Prozent Christen und zu vierzig Prozent konfessionslos und die meisten Frauen haben Konfektionsgröße sechsunddreißig und im Durchschnitt geht jeder Tscheche einmal in der Woche ins Kino und sieht sich einen amerikanischen Film an und isst danach bei McDonald's – was über die Filme auch schon etwas sagt. Und zweihundertundsiebzig Tschechen müssen sich einen Arzt teilen und die meisten tschechischen Ärzte sparen beim Heizen und im Winter kommen weniger Patienten als im Sommer und viele verkühlen sich im Warteraum und in Russland sterben sogar Leute in Warteräumen – sie erfrieren oder leiden fortan an Kreislaufschwäche oder Herzversagen. Und einmal steckte ein Russe eine Arztpraxis in Brand und angeblich wollte er nur eine Decke, um auf die unterkühlte Atmosphäre aufmerksam zu machen, und er wurde verurteilt und erfror später in einem russischen Gefängnis, wo er nie wieder warm duschen durfte.

Und Tschechien baut Braunkohle ab und das tun auch Russland und Deutschland und Polen und Griechenland und im Jahr zweitausendundzwei errechnete man, dass die Vorräte an Braunkohle in etwa fünfhundert Jahren verbraucht sein werden und Steinkohle gehe in hundertfünfzig Jahren zur Neige und Erdgas in siebzig und Erdöl in fünfundvierzig und dann stellen alle einfach das Heizen ein. Und die Tschechen glaubten, dass die Atomkraft die einzige kostengünstige Alternative sei und sie bauten ein neues Atomkraftwerk und die Österreicher fanden das nicht so gut und protestierten dagegen und blockierten die Grenzen und hielten ein Volksbegehren ab und so weiter. Und viele Politiker engagierten sich und freuten sich über regen Zulauf für ihre Parteien und über Ressentiments gegen Tschechien und eine Verschärfung der Gesetze. Und in Tschechien gibt es einige Atomkraftwerke und in Ungarn auch und in Österreich gibt es keine und in Deutschland gibt es OBRIGHEIM und STADE und BIBLIS A und BRUNSBÜTTEL und ISAR I und UNTERWESER und PHILIPPSBURG I und GRAFENRHEINFELD und KRÜMMEL und GRUNDREMMINGEN B und PHILIPPSBURG 2 und GROHNDE und GRUNDREMMINGEN C und BROKDORF und ISAR 2 und EMSLAND und NECKARWESTHEIM 2 und keinen Österreicher hat das je gestört – und einen Tschechen schon gar nicht. Und einige Deutsche wiederum störte das schon und sie ketteten sich an Schienen und bespuckten CASTOR (Cask for Storage and Transport of Radioactive Material) und die Polizei trieb sie mit Schlagstöcken auseinander und setzte Tränengas ein. Und in Tschechien wurde auch oft Tränengas eingesetzt und Schlagstöcke und Panzer und so weiter und in Österreich nannte man das Deeskalation oder setzte auf die angeborene Obrigkeitsscheu.

Und die Tschechen mögen keine Vietnamesen und Roma und die Deutschen mögen keine Roma und Russen und die Österreicher mögen keine Roma und Tschechen und jeder tut mit und jeder denkt nach und alle melden. Und einmal wurde in Tschechien eine Vietnamesin vergewaltigt und sie starb und später wurden auch Roma vergewaltigt und Chinesinnen und Thailänderinnen und man forschte ein paar junge Tschechen aus und die gaben zu Protokoll, sie hätten sich gelangweilt und seien provoziert worden und Roma und Asiaten hätten ohnedies keinen gesellschaftlichen Wert. Und viele Tschechinnen arbeiten in Bordellen oder stehen am Kinderstrich und viele Deutsche und Österreicher haben da gar nichts dagegen und sie fahren nach Tschechien und alles dort ist ja so billig und sie tanken und essen und gehen zum Frisör und nehmen junge Mädchen auf ihre Hotelzimmer und zumeist sind es Väter, die selbst minderjährige Töchter haben und ein geregeltes Leben führen.

Und links von Tschechien ist Deutschland und links von Deutschland ist Frankreich und links davon Amerika und links davon Asien und noch weiter links schon wieder Europa und Tschechien und Deutschland und die Welt dreht sich im Kreis. Und vor vielen Jahren haben sie in Tschechien Bücher verbrannt und Menschen gequält und Fahnen geschwenkt und dann haben sie miteinander getrunken und gesungen und getanzt und gemeinsam gelacht und in Deutschland haben sie auch gelacht und Panzer gebaut und Hunde abgerichtet und in England tranken sie Tee und bauten Flugzeuge und in Amerika jagten sie Büffel und Indianer und schufen Reservate und Korridore und Zäune und Gesetze und so weiter. Und die Tschechen leben gern auf dem Land und halten dort Enten und Gänse und Hühner und Kaninchen und Kühe und sie haben keine Ahnung von Bioprodukten oder Ballaststoffen oder freien Radikalen und sie nutzen kaum Silikon und Penisverlängerungen. Und Jim Morrison hatte einen großen Penis und Jean Paul einen kleineren und später wollten alle in Europa einen großen Penis haben oder volle Brüste und schlanke Taillen und sie aßen weniger und meditierten und hatten ihr ganzes Leben lang Therapien. Und als die Tschechen im einundzwanzigsten Jahrhundert so nach und nach waschechte Europäer wurden und im Westen lebten und der Europäischen Union vorstanden, trugen sie Anzüge und Krawatten und sprachen Englisch und benahmen sich wie alle anderen Europäer auch.

Und tschechische Männer tragen manchmal zu kurz geratene Hosen und tschechische Frauen wiederum mögen kurze Röcke und zeigen Bein und Dekolleté und ihre Brüste wogen und ihre Haare fallen und ihr Schritt ist wild und raumgreifend. Und als die Tschechen noch Kommunisten waren, standen sie gern bei Geschäften an, wenn sie Schokolade kaufen wollten und Brot und Milch und Bananen und so weiter. Und abends blieben die Straßen leer und grau und im Mai wurde marschiert und geweint und denunziert und geschlachtet und die Sonne ging unter und der Sieg war nahe. Und als die Tschechen noch Monarchisten waren, bauten sie Maschinen und gruben nach Kohle und servierten anderen ihr Essen und wuschen Geschirr und brannten Ziegel und starben im Kampf für eine bessere, weil friedlichere Welt. Und manchmal entscheidet das Blut über das Schicksal eines Volkes und alles am Blut ist rot und wenn es im Boden versickert, bleiben rostbraune Flecken und es riecht nach Eisen und irgendwelchen Oxiden.

Und in Prag stehen viele Statuen und Denkmäler und sie säumen Brücken und Plätze und erinnern an goldene Zeitalter und die Tripolis Praga und ferne Schlachten und Unglück und Tosen und Schmerz. Und einmal fiel ein tschechischer Herr von einer Brücke und er ertrank und die Strömung riss seinen Körper fort und nach einer Woche war er sehr aufgedunsen und stank ganz gehörig – aber er wurde heilig gesprochen. Und einmal fiel eine tschechische Frau aus einem Fenster und ihr Blut färbte das Pflaster und es glänzte so schön im Sonnenuntergang. Und die meisten jungen Tschechen leben bei ihren Eltern und wollen studieren und reisen und ihre Großmütter kaufen ihnen Bildbände und Karten und mahnen sie zu Sparsamkeit und Fleiß. Und ein junger Tscheche bekam einmal eine SMS und da stand, er habe gewonnen und er solle zurückrufen, und er rief an und man sagte ihm, er habe gewonnen und gratulierte und freute sich und bat darum, noch etwas in der Leitung zu bleiben. Und er blieb in der Leitung und wartete und wartete und keiner meldete sich und später bekam er eine Telefonrechnung über achtundfünfzigtausend tschechische Kronen. Und als seine Großmutter starb, sprang er in die Moldau und ertrank und niemand sprach ihn heilig, es war allen egal.

Und ein tschechischer Schriftsteller notierte in seinem Tagebuch, das Leben sei desolat und prototypisch und der Mensch das Papier nicht wert, auf dem von ihm geschrieben stehe. Und ein tschechischer Pädagoge wiederum sagte, der Mensch, ob Franzose oder Engländer oder Deutscher oder so ähnlich, habe nichts dazugelernt und sein Hunger sei mit den Jahren nur größer geworden – am Ende aber bliebe nur noch die Gier. Und ein tschechischer Philosoph wiederum meinte, Gott sei statistisch gesehen eine wage Vorstellung von etwas sehr Fernem, wo man eine verlorene Heimat vermute und Saus und Braus und ein Gefühl von Wärme und Mutterleib und GOTTVATER sei ja eigentlich GOTTMUTTER und es mangele dem Menschen an Weitsicht und Beharrlichkeit. Und all die klugen Männer starben jung und hinterließen eine Frau mit zwei Kindern und Schulden und so weiter und die Tschechen nahmen da gar keine Notiz von.

Und die Tschechen spielen gern Eishockey und gehen immer seltener wählen und sie trinken Bier und haben Bäuche und wenn Gefahr droht (von außen), sind sie einander gewogen und benehmen sich sehr tribal und singen und reichen sich die Hände und glorifizieren die Vergangenheit und mystifizieren die Zukunft und sagen Europa Unheil voraus und eine Zeit namens TEMNO und das ist nichts, worüber sie gern sprechen. Und viele Tschechen leben in Amerika und solidarisieren sich mit Amerikanern, denn mit Amerika verbinden sie die Vorstellung, dass alle Menschen arbeiten und nach Gewinn streben und darin sehen sie Fortschrittsglauben und Optimismus und Demokratie und Individualität. Und einmal wollten einige junge Tschechen so richtig Gewinne machen und frei sein und so weiter und sie stahlen Autos und Motorräder und als man sie irgendwann verhaftete, antworteten sie auf die Frage, warum sie es getan hätten, dass sie endlich wie Amerikaner sein wollten – reich und unabhängig.

Und die Amerikaner wiederum halten nicht viel von abstraktem Denken und Ästhetizismus und sie geben sich selbstgerecht und überheblich und aggressiv und die Tschechen entschuldigen das und meinen, es sei ein Erbe des Puritanismus, und die Puritaner wiederum hielten sich stets für auserwählt. Und die Amerikaner fördern die Rechte der Frauen und die Tschechen stehen ihnen in nichts nach und die Franzosen und Belgier und Skandinavier und so weiter auch nicht. Und schon im neunzehnten Jahrhundert leistete man Überzeugungsarbeit und forderte größere Freiheiten im Umgang mit dem anderen Geschlecht und man entschied sich für gemeinsame Wanderungen von Männern und Frauen, die sich dann alle etwas näher kennen lernen und so Vorurteile abbauen konnten. Und achtzehnhundertundsiebenundneunzig entstand der erste Verein WANDERVOGEL und die Menschen hatten Zupfgeigen und Lagerfeuer und Zelte und Kochkessel und ein gemeinsames Nest und alle waren sie froh über die gesunde und saubere Freizeitgestaltung. Und ein englischer General gründete bald darauf die Pfadfinderbewegung und die Kirche und Politik wandte der Jugend endlich mehr Aufmerksamkeit zu und Jugendarbeit gewann immer größere Bedeutung. Und später wurden die Tschechen Kommunisten und andere wiederum begeisterten sich für die Nationalsozialisten und Faschisten und Futuristen und so weiter und alles nahm seinen Lauf. Und die Tschechen gründeten ganz neue Jugendorganisationen und sie nannten sich PIONIERE und sangen russische Volkslieder und lernten marschieren und hatten Uniformen und rote Halstücher. Und in Österreich trugen die Pfandfinder blaue Halstücher und die Tschechen wiederum hatten oft Halsschmerzen, weil ihre Tücher aus Moskau kamen und straff sitzen mussten und von minderer Qualität waren und die Sowjetrussen nur von Abhärtung und Auslese sprachen und Schmerzen seien etwas für WEICHEIER.

Und die Spanier sind zu siebenundneunzig Prozent Katholiken und zu null Prozent Protestanten und in Madrid leben dreimillionen Menschen und eine Million davon mag Porzellan und die Sonne scheint einhundertfünfundneunzig Tage im Jahr. Und viele Europäer fahren nach Spanien und machen dort Urlaub und liegen in der Sonne und auf der faulen Haut und sie sitzen in Bodegas und trinken Rioja und im Sudan verdursten die Menschen (und Schlimmeres) und niemand käme auf die Idee, dort Urlaub zu machen. Und zweihundertzweiundsechzig Spanier müssen sich einen Arzt teilen und fast dreizehn Prozent der Spanier sind arbeitslos und die dreizehn ist keine gute Zahl und die sieben wiederum schon. Und am dreizehnten September kamen ein paar Terroristen nach Spanien und die wollten dort ein gewichtiges Zeichen setzen und sie hatten zündende Ideen und waren auch sonst guter Dinge. Und ein Jahr später schon ließen sie ein paar Bomben in Zügen und Bahnhöfen hochgehen und freuten sich, dass so viele Menschen im Nahverkehr unterwegs waren. Und die meisten ihrer Opfer starben schnell und schmerzlos und im

Gedränge, was die Terroristen als human empfanden – und gar nicht für angebracht hielten. Und insgeheim hofften die Terroristen, dass viele Menschen langsam und qualvoll sterben, denn dadurch würde ihre Botschaft eindringlicher und die Fernsehbilder pathetischer und Humanität kann sich heute kaum noch jemand leisten.

Und die spanische Regierung war fassungslos und bestürzt und in Madrid weinten die Menschen und der spanische Premier meinte, die Basken seien an allem schuld, aber später meinte er, dass doch die illegale Einwanderung das eigentliche Problem sei, denn so kämen die Terroristen erst ins Land. Und man drängte die EU, das Auslaufen von Flüchtlingsschiffen in Nordafrika zu unterbinden, und bot militärische Hilfe an und Italien war von diesem Vorschlag begeistert und ein italienischer Offizier wollte sogar Selbstschussanlagen und Minenfelder und flächendeckende Bombardements entlang der Küste – zur Abschreckung. Und die Spanier wiederum schlugen daraufhin vor, die Entwicklungshilfe für Nordafrika zu streichen, aber Schweden und Frankreich sprachen sich dagegen aus, weil dadurch wohl niemandem geholfen würde. Und die Spanier konterten und sagten, es gebe keine Unschuldigen in Afrika, und die Italiener konterten auch und fügten hinzu, kein Italiener würde doch gegen Unschuldige vorgehen, das entspräche gar nicht der italienischen Mentalität. Und beim EU-Gipfel in Genua verprügelten italienische Polizisten unschuldige Demonstranten und einer davon starb, weil er ein Schädelhirntrauma davontrug und italienische Journalisten tauften das Ereignis CHILENISCHE NACHT. Und später gab es sogar einen Prozess und dort stellte sich heraus, dass die Polizisten in Notwehr gehandelt hätten und ganz Italien fiel ein Stein vom Herzen.

Und im Juli zweitausendundzwei beschloss die chilenische Regierung, den Prozess gegen den früheren Militärdiktator einzustellen – und das Gericht begründete seine Entscheidung mit dem gesundheitlichen und geistigen Zustand des ehemaligen Führers. Und es hieß, er sei genug gestraft und die Menschenrechtsverletzungen und politischen Morde und so weiter, könne ohnehin keiner mehr rückgängig machen, und die rechtsgerichtete Allianz für Chile (die dem früheren Diktator nach wie vor nahe steht) kam bei den letzten Parlamentswahlen auf vierundvierzig Prozent der Stimmen. Und im Jahr neunzehnhundertundsechsundneunzig wurde eine vierundzwanzigjährige Frau zum ersten Mal in der Geschichte des Stierkampfes als Matadorin zugelassen – und viele namhafte Stierkämpfer weigerten sich, an ihrer Seite aufzutreten, weil sie ihren Sport auf der ganzen Welt lächerlich mache. Und viele Frauen wiederum fanden das gut und sie sagten, dass man so den Männern endlich zeigen könne, wie ebenbürtig man ihnen sei und es sei längst an der Zeit, die letzten Bastionen der Männerwelt zu erobern – Militärdiktaturen und Folterkammern und Formel Eins und so weiter.

Und die Iren sind zu dreiundneunzig Prozent Katholiken und zu drei Prozent Anglikaner und zu nullkommavier Prozent Presbyterianer und in Dublin leben vierhundertachtzigtausend Menschen und ein Euro hat hundert Cent. Und sechshundertdreiunddreißig Iren müssen sich einen Arzt teilen und der hat alle Hände voll zu tun und beschwert sich auch regelmäßig und hofft auf Entlastung und Besserung. Und im Sudan wiederum kommt auf neuntausenddreihundertneunundsechzig Menschen nur ein Arzt und der ist schlecht ausgebildet und es mangelt ihm an Medikamenten und Instrumenten und in Deutschland wäre er bestenfalls Zivildienstleistender oder Krankenpfleger – in Irland immerhin schon Tierarzt. Und irische Ärzte sind gegen Abtreibungen und es gab sogar ein Referendum darüber, ob suizidgefährdete Irinnen einen Schwangerschaftsabbruch vornehmen dürften, und man einigte sich darauf, dass sie das schon können, aber die Suizidgefahr müsse dokumentiert sein und die Abtreibung dürfe nicht in Irland stattfinden. Und siebentausend Irinnen fahren so jährlich nach England – und machen dort keinen Urlaub, ganz im Gegenteil. Und einmal fuhr eine junge Irin nach London und sie trieb dort ab und stürzte sich Tage später von einer Brücke und vorher schrieb sie einen Abschiedsbrief, in dem stand, dass sie ihre Familie um Vergebung bitte. Und ein irischer Geistlicher schrieb in einer Zeitung, Gott habe das Mädchen gestraft, weil sie schwer gesündigt habe und daraus könne man Schlüsse ziehen und müsse Ihm für seine Weitsicht dankbar sein.

Und im Sudan leben fünf Prozent Christen und siebzig Prozent Sunniten und fünfundzwanzig Prozent Animisten und die Iren können das überhaupt nicht nachvollziehen und ein irischer Geistlicher schrieb einmal in einer Zeitung WAS STIMMT DENN MIT DEM SUDAN NICHT? und er fand jede Menge Antworten. Und im Frühjahr Zweitausendundeins bombardierte die sudanesische Regierung den Südsudan und behauptete, alle dort seien Terroristen und die würden nicht nur die sudanesische Regierung bedrohen, sondern auch Amerika und Europa. Und als eines Morgens die Menschen im Südsudan auf Nahrungsmittelabwürfe durch die UNO warteten, warf die Regierung ganz schnell Bomben ab und die Menschen glaubten, es seien CARE-PAKETE, und alle warteten geduldig in großen Trauben. Und die UNO protestierte später dagegen, aber für eine Resolution reichte es dann doch nicht, da es im Sudan kein Erdöl gab oder so ähnlich und die Menschen vermutlich auch so gestorben wären.

Und in Irland werden viele Ehen geschlossen und was Gott verbunden hat, soll der Mensch nicht mehr trennen und so weiter und ein irischer Geistlicher predigte jeden Sonntag, dass Gott diejenigen strafen würde, die sich scheiden ließen oder Kondome benutzten – da kenne Er kein Pardon. Und als er eines Tages vor die Kirche trat, wurde er von zwei Jugendlichen überfahren, die beide zu viel getrunken hatten und eigentlich nur nach Hause fahren wollten. Und jemand sagte, er hätte vielleicht doch lieber gegen den Alkohol wettern sollen – und ob Gott das mit Absicht getan habe? Und im Sudan werden auch viele Ehen geschlossen (viel mehr noch als in Irland) und der Präsident persönlich rief alle Männer des Landes auf, so viele Frauen wie möglich zu ehelichen, sie zu schwängern und Söhne zu zeugen, denn die wiederum seien Garant dafür, dass es mit dem Sudan vorwärts gehe. Und viele Frauen hatten ihre Männer bei Bombardements verloren und eine Frau ohne Mann ist im Sudan gar nicht lebensfähig und neue Kräfte braucht das Land. Und den meisten Iren ging das dann doch zu weit und sie sprachen sich in einer Umfrage für die Rechte sudanesischer Frauen aus, was aber sonst nicht viel bewegte. Und die Iren sagten, die Frau sei dem Mann möglicherweise untertan, aber man lebe nicht mehr im Mittelalter und eine solche Einstellung könne unmöglich eine Perspektive für die Zukunft sein. Und der irische Premier schrieb einen Brief an den sudanesischen Präsidenten und bat darum, den Frauen mehr Rechte einzuräumen, und der sudanesische Präsident schrieb dem irischen Premier postwendend zurück und dort stand, Irland solle sich doch um seinen eigenen xxx kümmern.

Und die Slowaken sind zu sechzig Prozent Katholiken und zu zehn Prozent Atheisten und zu acht Prozent Protestanten und slowakische Polizisten sind gern Atheisten und im Durchschnitt haben sie zwei Kinder und einen deutschen Schäferhund. Und der Europarat beschwerte sich im Jahr zweitausendundeins über slowakische Polizisten, weil sie Verdächtige und Asylanten und Fremde oft misshandelten und Bissen von Hunden aussetzten und die kaum an die Leine nähmen und Verdächtige schon. Und das slowakische Außenministerium schrieb dem Rat einen Brief und dort stand unter anderem, dass slowakische Polizisten sehr sorgfältig mit ihren Hunden umgehen und niemand wolle Mensch oder Hund unnötig gefährden.

Und in Bratislava leben vierhundertsechzigtausend Menschen und sie sprechen Slowakisch und Englisch und verstehen sogar Tschechisch und alle wären gern Volkswirte oder Unternehmer oder so ähnlich. Und viele slowakische Unternehmen exportieren ihre Waren nach Deutschland und Italien – und kaum noch in die Schweiz. Und einige Jahre zuvor hatte eine schweizer Bank einem slowakischen Großunternehmer Kredit gewährt und das Unternehmen ging später pleite und der Direktor der Bank beschwerte sich beim Außenminister und der ging mit ihm Mittagessen und die Wogen schienen geglättet. Und bald darauf wurden ein paar Slowaken in der Schweiz des Landes verwiesen und man klebte ihnen den Mund zu und stellte sie mit Betäubungsmitteln ruhig. Und die schweizer Polizisten fanden Gefallen daran und zwei Monate später starben zwei Nigerianer an einer Überdosis Betäubungsmittel, weil sie unentwegt nach einem Anwalt riefen. Und ein internationales Komitee für Menschenrechte protestierte dagegen und die Schweiz entschuldigte sich hochoffiziell und nannte alles einen bedauerlichen Zwischenfall, der so nicht hätte passieren dürfen, und sie suspendierte die Polizisten für ein ganzes Jahr.

Und die Niederländer sind zu neunundfünfzig Prozent Christen und zu siebenunddreißig Prozent Konfessionslose und in Amsterdam leben siebenhundertvierundzwanzigtausend Menschen und viele von ihnen haben Konzessionen und betreiben Coffee Shops oder einen Fahrradverleih oder sind zahlende Mitglieder in einem Sportverein. Und dreihundertachtundneunzig Niederländer müssen sich einen Arzt teilen und der heißt VAN DE GRAACHT oder VAN DER HEYDE oder so ähnlich und er rasiert sich täglich und hält sich fit und geht gern Eislaufen. Und die Niederländer werden gern als Holländer bezeichnet, aber das ist ganz falsch, denn Holland war lediglich eine Provinz der Niederlande, wenn auch die wichtigste. Und es gab einmal viele Maler in Holland und einige von ihnen wurden berühmt und ihre Bilder hängen in den bekanntesten Museen und wenn man heute so ein Bild kaufen möchte, muss man schon ziemlich viel Geld haben – oder nicht ganz bei Trost sein.

Und einmal erstand ein Japaner bei einer Auktion das Bild eines Holländers und er sperrte es in Tokio in einen Tresor und als er starb, wurde es mit ihm begraben – so sein letzter Wille. Und der Sarg wurde sicherheitshalber mit zehn Tonnen Beton übergossen, damit die ewige Ruhe gewahrt bliebe und keiner auf dumme Ideen käme. Und den Niederländern ist das eigentlich ganz egal, die haben heute ganz andere Probleme – Rassenunruhen und Revolten und so weiter. Und kurz darauf wurde ein niederländischer Politiker von einem selbst ernannten Umweltaktivisten erschossen und der Anschlag rief großes Entsetzen hervor, weil sich die Niederländer stets für Toleranz und Konsens eingesetzt hatten. Und ein Psychoanalytiker bescheinigte dem Gericht später, dass der Attentäter unter Depressionen und Verfolgungswahn leide und dies alles sei wohl keine Entschuldigung, aber eine gute Erklärung für seine Entgleisung. Und ein Jahr später gingen viele Niederländer auf die Straßen und demonstrierten gegen Gewalt und Krieg und setzten sich für Toleranz und Verständnis ein und sie sagten, in der heutigen Welt sei dies wichtiger als alles andere, denn nur so könnten Friede und Gerechtigkeit und so weiter gewahrt werden. Und auch die niederländische Regierung zeigte sich tolerant und setzte sich entschlossen für Frieden und Gerechtigkeit ein und unterzeichnete sogar einen Vertrag, wonach dies ein primäres Ziel der niederländischen Demokratie sei. Und ein weiteres Jahr später beschloss die Regierung, sich mit achthundertfünfzigmillionen Euro an der Entwicklung eines neuen Kampfjets zu beteiligen, und begründete ihre Entscheidung damit, dass niederländische Unternehmen von dem Projekt profitieren würden und nunmehr mit gewichtigen Aufträgen rechnen könnten, die wiederum eine stabile Wirtschaftslage und Vollbeschäftigung und so weiter garantierten.

Und die Griechen sind zu achtundneunzig Prozent Christen und zu ein Prozent Muslime und achthunderttausend von ihnen leben in Athen und die übrigen zehnmillionen in anderen Städten oder auf dem Land und arbeiten in der Tourismusbranche oder leben in Armut. Und Griechenland erfand die Olympischen Spiele und die Philosophie und die Mathematik und so weiter und ein Grieche lief sogar zweiundvierzig Kilometer weit, um irgendeine Nachricht zu überbringen, und heute ist das lächerlich, denn es gibt Mobiltelefone und Internet und Botendienste und freiwillig läuft kaum einer mehr. Und bei den letzten Olympischen Spielen wollte ein griechischer Läufer unbedingt gewinnen und er holte sich einen Arzt, der ihn betreute und regelmäßig impfte, denn der Mann hatte starken Heuschnupfen und mit der Zeit wurde der Mann immer schneller und als er endlich so richtig frei durch die Nase atmen konnte, gewann er eine Medaille und stellte einen Rekord auf und erhielt einen Olivenzweig. Und später hieß es, der Mann hätte Doping betrieben, und die Zeitungen zerrissen sich das Maul und der Mann beteuerte seine Unschuld und so mancher, der an Heuschnupfen litt, gab ihm sogar Recht.

Und zu Olympischen Spielen kommen immer sehr viele Leute aus der ganzen Welt und auch nach Griechenland kamen sie und etliche reisten nie wieder ab und die griechische Regierung sprach von heimlicher Zuwanderung und Nulltoleranz. Und im Jahr zweitausendundeins kamen rund zweihundertfünfzigtausend Einwanderer nach Griechenland und die meisten von ihnen waren Kurden und Iraker und Iraner und Türken und so weiter, die Griechenland zwar mochten, aber viel lieber noch nach Deutschland oder England weiterreisen wollten. Und die Griechen hatten nichts Besseres zu tun, als diese Leute zu verhaften und sie wieder nach Hause zu schicken, auch wenn die das gar nicht wollten – und die Kosten und Spesen verrechneten sie brav der Europäischen Union. Und ein Jahr später schon kauften sich die Griechen einhundertundsiebzig Panzer vom Typ Leopard zwei von einem deutschen Hersteller und der Auftrag hatte ein Volumen von achthundertfünfzigmillionen Euro, was aber mit den Niederlanden nun wirklich nichts zu tun hat. Und die Regierung erklärte, man benötige die Panzer zur Abschreckung und Sicherung der Grenzen und insbesondere wegen der Zypernfrage und den daraus resultierenden Problemstellungen. Und Zypern ist so eine kleine Insel im Mittelmeer, wo griechische und türkische Zyprioten miteinander leben und die teilen sich eine Insel und alles andere ist Politik. Und die Griechen halten den Türken vor, mutwillig Spannungen zwischen den beiden Inselteilen zu begünstigen, und sie verweisen darauf, dass das türkische Truppenkontingent auf der Insel stetig ausgebaut werde. Und die Türken selbst wiederum verweisen auf Panzer und Raketen und sie hätten nur reagiert und für Chancengleichheit sorgen wollen. Und nach einigen Verhandlungen schloss Griechenland mit der Türkei ein Abkommen zur gemeinsamen Bekämpfung von illegalen Einwanderern – dort kämen die Panzer künftig viel besser zur Geltung und die Türken waren zufrieden und schickten selbst tausende Soldaten an ihre Grenzen, um Kurden und Iraker und Iraner zu fangen, damit die von Griechenland fernblieben.

Und die Schweden sind zu achtundachtzig Prozent Lutheraner und zu zwei Prozent Katholiken und in Stockholm leben siebenhundertfünfzigtausend Menschen und fast alle können Langlaufen und Eisstockschießen und sind glücklich und zufrieden. Und einmal wollten vier junge Schweden eine Band gründen und sie nannten sich RUBBER und jemand sagte ihnen, das sei doch kein Name für eine Band und sie sollten ihm vertrauen und sich ABBA nennen. Und später wurden sie berühmt und reich und alle Schweden waren stolz auf sie, weil solche Geschichten ungemein motivieren, selbst für etwas einzutreten oder an etwas zu glauben. Und Jahrzehnte später stellte sich in einer Umfrage heraus, dass die jungen Schweden von heute lieber Marilyn Manson hören und Britney Spears und so weiter und viele von ihnen ABBA gar nicht mehr kennen. Und die älteren Schweden, die nach und nach immer weniger wurden, waren schockiert und einer von ihnen bekam sogar einen Herzanfall, als er zwei Jugendliche davon abhalten wollte, Heavymetalmusik zu kaufen.

Und die meisten Schweden arbeiten im öffentlichen Dienst und darunter verstehen sie staatlich verordneten Dienst an der Öffentlichkeit und sie sind Busfahrer und Museumswärter und Bürowarte und Verwaltungsassistenten und die Jobs werden nicht mehr, eher weniger. Und immer mehr Schweden ziehen nach Süden und suchen dort ihr Glück und im Süden von Schweden gibt es mittlerweile kaum noch freien Wohnraum und im Norden beinahe keine Schweden mehr. Und alle schwedischen Politiker waren sich einig darüber, dass es so nicht weitergehen könne und sie diskutierten öfter im Reichstag, was sie dagegen tun könnten, und eines Tages boten sie allen Schweden, die sich schriftlich dazu verpflichteten, im Norden Schwedens zu leben, Steuererleichterungen und Gutscheine und Winterreifen und so weiter an und ein schwedischer Politiker meinte ironisch, das möge vielleicht drastisch klingen, aber wenn noch mehr Schweden nach Süden umzögen, würde sich das Land absenken und der Norden zum Himmel ragen und dann würde alles nur noch schwerer, wie bei Sisyphos. Und eine schwedische Politikerin wurde einmal beim Einkaufen erstochen und sie hatte gerade Wildlachs gekauft und mit schwedischen Kronen bezahlt und sich sonst nichts Böses gedacht. Und im Jahr zweitausendundsechs wollten die Schweden den Euro einführen und im Jahr zweitausendundzehn sollte der Wildlachsverkauf verboten werden – und vielleicht könnte die schwedische Politikerin heute noch leben, wenn man sich früher zu einem Verbot durchgerungen hätte, denn dann wäre sie möglicherweise gar nicht einkaufen gegangen und hätte eine Pizza bestellt und einen ruhigen Abend zu Hause genossen. Und angeblich kann der Flügelschlag eines Schmetterlings in Südamerika einen Taifun auslösen (am anderen Ende der Welt) und alles ist irgendwie relativ und ein ewiges Rätsel und in Capri geht die Sonne auf und über der Ostsee schweben majestätisch die Möwen.

Und in Skandinavien trinken sie gern Alkohol, aber noch mehr Alkohol trinken die Luxemburger und Iren und Portugiesen und Franzosen und Deutschen – und in Deutschland starben allein im Jahr neunzehnhundertundsiebenundneunzig mehr als dreiundsiebzigtausend Menschen an gesundheitlichen Folgen des Alkoholkonsums und in Russland starben im Jahr zweitausendundeins sogar siebenundvierzigtausend Menschen, weil sie verunreinigten Spiritus tranken. Und in islamischen Ländern trank man nie so viel Alkohol, weil das Gott missfallen könnte und man widmete sich lieber ganz anderen Dingen, Kamelen und Falken und Frauen und Pferderennen und so weiter. Und im Jahr zweitausendundzwei protestierten mehrere tausend Frauen in Bangladesch gegen die vorherrschende Diskriminierung ihres Geschlechts im Islam und sie kritisierten ganz besonders die Vergewaltigungen und Nötigungen und Prügelorgien und so weiter und wiesen darauf hin, dass es in Bangladesch sogar verbreitet sei, unwillige Frauen mit Säure zu misshandeln oder ihnen Bananen in den After zu schieben. Und ein Wirtschaftsblatt namens FAR EASTERN ECONOMIC REVIEW publizierte eine Titelgeschichte über den wachsenden Fundamentalismus und die religiöse Intoleranz im Land und die Regierung verbot die Publikation mit der Begründung, dass der Leitartikel schlicht beleidigend sei und ein ganz falsches Bild von Bangladesch in der Welt vermitteln würde.

Und im Jahr neunzehnhundertundneunundsechzig wurde in Deutschland beschlossen, dass die Gotteslästerung fortan keinen strafbaren Tatbestand mehr darstelle und einige sahen das als großen Fortschritt, weil sie nun endlich ganz legal ihrem Ärger über Gott freien Lauf lassen könnten. Und viele Gläubige fühlten sich ganz und gar nicht wohl dabei und sie befürchteten, dass Gott nun vermehrt ein Opfer von Spott und Schmach werden könne und das würde ihm gar nicht gefallen. Und sie waren davon überzeugt, dass Gott die Menschen strafen werde und Erdbeben und Flutwellen über sie hereinbrechen ließe und ausbaden müssten es dann alle, auch diejenigen, die mit dem Ganzen gar nichts zu tun hätten. Und einmal feierte die Gattin eines Filmregisseurs ein kleines Fest bei sich zu Hause und es gab Kaviar und Wachteleier und irgendwann klingelte es und sie ging zur Tür und öffnete und draußen stand ein junger Mann, der unbedingt mitfeiern wollte. Und am nächsten Tag kam die Polizei und alle waren tot bis auf den jungen Mann und der aß gerade ein Kaviarbrötchen und bohrte in der Nase und es stellte sich heraus, dass ihn Gott persönlich geschickt hatte, um die Reichen zu strafen und die Gesellschaft zu reinigen und so weiter, und der Mann erzählte dann der Polizei, Gott sei sehr, sehr zornig und die Menschheit müsse radikal umdenken. Und ein Gefängnispsychologe meinte später, der Mann sei verrückt und habe nicht mehr alle Tassen im Schrank und gehöre sein ganzes Leben lang eingesperrt, und ein Priester wiederum sagte, der Mann habe zwar etwas sehr Falsches getan, aber er sei auch voller Ehrfurcht und Hingabe und Liebe zu Gott und das dürfe man nicht mit den Füßen treten und wer ohne Sünde sei, der werfe ruhig den ersten Stein.

Und einige Historiker machten sich auch so ihre Gedanken und sie sahen sich um in der Geschichte und schmökerten in alten Unterlagen und analysierten Inflationsraten und Statistiken und so weiter und sie kamen zu dem Schluss, dass früher (unter Cäsar) für die Eliminierung eines Feindes gerade mal nullkommafünfundsiebzig Dollar hätten aufgewendet werden müssen. Und mit der Zeit sei der Aufwand gestiegen und Napoleon habe schon dreitausend Dollar berappen müssen und im Ersten Weltkrieg habe das Ganze beinahe einundzwanzigtausend Dollar gekostet und im Zweiten Weltkrieg habe man unglaubliche fünfzigtausend Dollar gezahlt und im Vietnamkrieg sogar sagenhafte dreihunderttausend Dollar – pro Kopf und Nase. Und wenn heute irgendjemand auf der Welt einen Krieg führt, steht der Aufwand in keinerlei wirtschaftlichem Verhältnis mehr zum Nutzen, denn die Feinde werden immer mehr und das Geld langsam weniger. Und Gott wiederum muss gar nichts bezahlen, der schickt seine Jünger und Laufburschen und so weiter und die tun, was sie tun müssen, und sind obendrein auch noch schnell und billig und ohne Reue. Und nach einer Studie des französischen Gesundheitsministeriums waren in den neunziger Jahren die Ausgaben für Gesundheit in den USA fast doppelt so hoch wie in Frankreich und Deutschland und so weiter und die Amerikaner mussten dreitausendfünfhundert Dollar pro Bürger aufwenden (aufgrund der Fettleibigkeit) und die Deutschen nur zweitausend Dollar und die Franzosen noch etwas weniger. Und die Eliminierung eines Feindes im

Rahmen eines kriegerischen Aktes kostet die Amerikaner heute fünfhunderttausend Dollar und für viertausend Dollar wiederum kann man der Gesundheit eines jeden amerikanischen Bürgers etwas Gutes tun – von Deutschen und Franzosen und so weiter ganz abgesehen.

Und einmal klagten einige Nachfahren von Sklaven gegen ein paar amerikanische Unternehmen, die nachweislich von Sklaverei und Leibeigenschaft und Menschenhandel profitiert hatten und es mit ihrem Vermögen bis heute tun. Und achtmillionen Afrikaner wurden nach Amerika verschleppt, um dort Tabak und Baumwolle und Zuckerrohr und so weiter zu ernten, und die Unternehmer wiederum beauftragten Staranwälte, die herausfanden, dass die Sklaverei von damals zwar zu bedauern sei, aber dennoch keinen aktiven Tatbestand für die Justiz von heute und morgen und so weiter darstellen könne. Und einige Historiker schätzten, dass die achtmillionen Afrikaner gut vierzigmilliarden Dollar hätten erhalten müssen, was wiederum eineinhalbbillionen Dollar von heute entspreche. Und im Jahr zweitausendundeins gab es eine große Konferenz gegen Rassismus und Rassendiskriminierung und Fremdenfeindlichkeit und Intoleranz und so weiter und im Vorfeld dieser Tagung forderten einige afrikanische Staaten von den westlichen Ländern eine Entschuldigung, die an Reparationen in Form eines Entwicklungsfonds geknüpft sein sollte. Und die Europäer und Amerikaner lehnten dies ab, da ihrer Auffassung nach nur persönlich zu Schaden gekommene Menschen Anspruch auf Reparationen hätten. Und die Afrikaner wiederum sahen das ganz anders und sie gaben wütend Interviews und hielten Reden und hatten ganz hohe Einschaltquoten – und Europa und Amerika hatten dafür kein Verständnis und sie erklärten später gemeinsam, dass sie sehr wohl zu einer Entschuldigung für Sklaverei und Kolonialismus und Imperialismus und so weiter bereit gewesen wären, wenn sie sich sonst zu nichts hätten verpflichten müssen.

Und im Jahr zweitausendundzwei versammelten sich mehr als neunhundert Vertreter diverser Ureinwohner bei der UNO, um gemeinsam Entschädigungen für die Ausbeutung und das Recht auf Grundbesitz und Sprache zu fordern, und sie stellten fest, dass Amerika und Kanada und Australien und so weiter sie gar nicht ernst nahmen. Und in Australien leben dreihunderttausend ABORIGINES und ein Viertel von ihnen hat keine Schulbildung und die Hälfte keine Arbeit und alle gelten sie als dumm und rückständig. Und in Neuseeland leben dreihunderttausend MAORI und sie wohnen in Gettos und trinken Alkohol und gehen kaum noch fischen. Und in Nicaragua leben neunzigtausend MISKITOS und sie wohnen im Urwald und haben oft Krankheiten und die Weißen um sie herum sind gesund und bauen Bodenschätze ab und so weiter. Und in Amerika leben zweihunderttausend NAVAJO und sie ritten früher auf Pferden und jagten Büffel und später mussten sie im Tagebau arbeiten und dadurch verseuchten sie ihren Lebensraum – und sich selbst. Und im Sudan leben einemillion NUBA und die Regierung kann sie nicht leiden und führt schon viele Jahre lang einen Vernichtungskrieg gegen sie, weil sie an ganz andere Götter glauben – und von Allah nichts wissen wollen. Und in Russland leben vierzigtausend SAMEN und sie leben von Rentierzucht und Fischfang und Jagd und viele Russen sind der Meinung, sie zerstörten die Umwelt und verschmutzten die Landschaft und brächten das natürliche Gleichgewicht durcheinander. Und in der Sahara leben einemillion TUAREG und die wiederum kämpfen schon viele Jahre für einen eigenen Staat, wo sie unter sich bleiben und in Frieden leben können – und keine Regierung will sie anerkennen oder ihnen Land überlassen, auch wenn es nur Wüste ist. Und in Brasilien leben fünfzehntausend YANOMAMI und sie mögen den Amazonas und essen Früchte und erst neunzehnhundertundfünfundsechzig kamen die Weißen, weil sie Gold suchten und Smaragde und die richteten so richtige Massaker unter den Indianern an, weil sie sich langweilten und eine Frau brauchten und kein Fernsehen hatten und so weiter.

Und viele Hilfsorganisationen setzten sich für die Ureinwohner ein und sie versprachen, ihr Möglichstes zu tun – zu helfen, wo es gehe. Und Anfang des einundzwanzigsten Jahrhunderts waren insgesamt dreiundzwanzigmillionen Menschen infolge von Naturkatastrophen und Krieg und Terror auf der Flucht und achtmillionen von ihnen flohen nur innerhalb der eigenen Landesgrenzen hin und her, weil sie es gar nicht schafften, irgendwohin auszureisen. Und viele von ihnen lebten in Afrika und sie fühlten sich verfolgt und benachteiligt und suchten Schutz und Mitgefühl bei diversen Hilfswerken, die sich nach Kräften für die Flüchtlinge einsetzten. Und im Jahr zweitausendunddrei wurden Fälle von sexuellem Missbrauch von Flüchtlingskindern durch Mitarbeiter von internationalen Hilfswerken bekannt und in Liberia und Guinea und Sierra Leone und so weiter standen insgesamt siebzig Mitarbeiter unter Verdacht, als Gegenleistung für Lebensmittel und Kleidung und sonstige Zuwendungen von Kindern sexuelle Handlungen verlangt zu haben – Penisse in den Mund zu nehmen oder sich Geräte in Körperöffnungen zu schieben oder einfach nur Analsex oder Rollenspiele zu praktizieren. Und die CARITAS und die WELTHUNGERHILFE und TERRE DES HOMMES und so weiter forderten als Konsequenz dieses Fehlverhaltens eine bessere Ausbildung und Bezahlung und psychologische Betreuung der Helfer – unter anderem aber auch die Erhöhung des Frauenanteils in der gesamten internationalen Nothilfe.

Und im Jahr zweitausendundzwei beschloss ein amerikanischer Präsident, dass vierzigtausend Tonnen Atommüll an hunderteinunddreißig verschiedenen Orten keine so gute Sache seien und er versprach, ein einziges Endlager für siebzigtausend Tonnen Atommüll zu bauen – in irgendwelchen Bergen Nevadas. Und viele Bürger dort protestierten dagegen, aber es leben nicht so viele Menschen in Nevada und die Proteste nahm keiner so wirklich ernst und man lachte insgeheim darüber. Und als Umweltschützer davon erfuhren, protestierten auch sie und veröffentlichten eine Studie, wonach eine Verseuchung des Grundwassers und der Tierwelt und so weiter zu befürchten sei. Und halb Nevada würde zehntausend Jahre lang verstrahlt bleiben und die Lebensqualität rundum weiter sinken und Tausende würden an Leukämie sterben und überhaupt – aber auch das nahm kein Politiker ernst, die nannten Umweltaktivisten und Biofritzen und Bergzicken und ähnliche Subjekte nur noch Feinde des Fortschritts.

Und in Amerika und Japan und Russland und Kanada halten die Menschen nicht so viel vom Klimaschutz, weil das die Produktivität und Prosperität eines Landes behindere und alle hätten dann weniger Geld und könnten nicht so viel konsumieren und womöglich würden die Menschen sogar aufsässig und rabiat und keine Regierung könne sich das leisten. Und Meteorologen sagten, dass die Gletscher immer mehr zurückgingen und der Meeresspiegel ansteige und es gebe auch viel mehr Hitzewellen und Kälteeinbrüche und Flutkatastrophen und Hurrikane und so weiter. Und einige Wissenschaftler berechneten sogar, dass sich die Erde bis zum Jahr zweitausendeinhundert um bis zu sechs Grad im Durchschnitt erwärmen würde und bis zum Jahr zweitausendzweihundert um zwölf Grad und in Russland und Kanada würden die Temperaturen im Winter sogar um zwanzig Grad ansteigen und im sibirischen Permafrostboden würden so riesige Mengen Methan freigesetzt, die wiederum den Treibhauseffekt verstärkten. Und einige andere Wissenschaftler gingen noch weiter und sie sagten, ein Leben auf der Erde sei künftig nur schwer möglich und man müsse den Planeten verlassen, und in Amerika fand man, dass dies grundsätzlich eine Option sei, und man beauftragte amerikanische Spezialisten mit einer solchen Mission. Und einige der Forscher begannen damit, eine sechs bis acht Menschengenerationen dauernde Testreise zu organisieren, bei der unter anderem geklärt werden solle, ob es im Universum irgendwo Leben gibt. Und die NASA ließ im Jahr zweitausendundeins an Bord eines Spaceshuttles prüfen, wie sich Menschen im Weltall am besten fortpflanzen können – das nämlich sei das sine qua non allen Erfolges.

Und andere Lebewesen waren auch sehr erfolgreich und die übertrugen eine Krankheit, von der Menschen zunächst dachten, sie würde durch schlechte Luft übertragen, aber dem war nicht so. Und die Menschen bekamen ganz plötzlich Kopf- und Glieder- und Rückenschmerzen und Hitzegefühle und Wallungen und Erbrechen und so weiter und man nannte die Krankheit Paludismus oder Sumpfkrampf oder DREITAGEWECHSELFIEBER. Und alle drei Tage platzten irgendwelche Blutkörperchen, die von Merozoiten befallen worden waren, und das menschliche

Immunsystem reagierte und man bekam vierzig Grad Fieber und Schüttelfrost und dann war man wieder fieberfrei und nach drei Tagen ging das Ganze von vorne los. Und pro Jahr erkrankten fünfhundertmillionen Menschen daran und dreimillionen von ihnen starben und die anderen hatten lange Zeit Probleme und waren nicht ganz bei Sinnen und Trost und sie reagierten gereizt und wirr und hatten seltsame Ideen und Phantasien und Vorstellungen und so weiter. Und allein in Afrika verursachte die Krankheit pro Jahr einen volkswirtschaftlichen Schaden von zwölfmilliarden Dollar, aber so viel Geld gab es ohnehin in ganz Afrika nicht und die Zahlen waren irgendwo akademisch. Und im Jahr neunzehnhundertundneunundneunzig erkrankten in Deutschland neunhundertzwanzig Menschen am Wechselfieber und achtundzwanzig von ihnen starben und achtzig von ihnen konnten sich überhaupt nicht vorstellen, wo sie sich angesteckt hatten und warum, denn sie lebten schon lange Jahre in Berlin und Stuttgart und München und Büttelsdorf und so weiter und hatten Deutschland noch nie im Leben verlassen. Und Experten wiederum fanden heraus, dass irgendwelche Mücken mit Flugzeugen um die halbe Welt fliegen, um sich dann fern ihrer Heimat häuslich niederzulassen, und die seien die Übeltäter. Und viele andere Menschen auf der ganzen Welt, in Europa und Amerika und Asien und so weiter, hatten auch seltsame Ideen und Phantasien und Vorstellungen und sie beschlossen Gesetze und hielten Reden und gründeten Vereine und Parteien und lebten in Sekten und paramilitärischen Verbänden und glaubten an ganz verschiedene Götter und Propheten und bauten Raketen und Bomben und erfanden viele nützliche Sachen, Red Bull und Coca-Cola und Pockenviren und McDonald's und Nulllohnrunden und

Reality Shows und so weiter und sie setzten sich überall für Frieden und Wohlstand und Fortschritt ein, um das Leben aller Menschen so angenehm wie möglich zu machen, aber vielleicht waren sie einfach nur krank.

Und irgendwann erfand man sogar Computerviren, da viele Menschen plötzlich Computer hatten und auf sie angewiesen waren und man ihnen so schnell und zuverlässig eins auswischen konnte. Und den ersten Virus überhaupt erfand irgendjemand in Pakistan und der baute gerade an einer Atombombe und hatte viel zu tun und dachte sich nichts Böses. Und am nächsten Tag wurde er gefeuert, weil ein anderer daherkam, der schneller und besser und billiger war, und der Mann ärgerte sich und saß zu Hause herum und starb fast vor Langeweile – und da kam ihm dann die glorreiche Idee. Und später gab es ganz viele andere, die auch auf irgendjemanden wütend waren, und sie erfanden die Viren und Würmer BRAIN und LEHIGH und CHRISTMA und STONED und CASCADE und DARK AVENGER und FRODO und MICHELANGELO und SATANBUG und KAOS und MELISSA und NAVIDAD und NIMDA und SOBIG und so weiter. Und eine Gruppe namens CULT OF DEAD COW baute auch noch ein getarntes Fernsteuerungsprogramm, das die Ausführung von Programmen und die Überwachung jedes beliebigen Computers überall auf der Welt ermöglichte.

Und im Jahre zweitausend erfand ein Mann einen weiteren Computervirus und er nannte ihn ILOVEYOU, weil er dachte, dass sich die Menschen freuen würden, endlich eine E-Mail von jemandem zu bekommen, der sie liebt. Und zuvor hatte er sich überlegt, dass sich wohl viele Menschen weltweit ungeliebt und vergessen und gehasst und so weiter fühlen, was sie zu idealen Opfern und Adressaten machte. Und der Virus begab sich auf den Weg und viele Menschen freuten sich tatsächlich und waren neugierig und dachten bei der E-Mail spontan an die nette Bürokollegin oder den Nachbarn oder die Bekanntschaft aus irgendeiner Bar oder so ähnlich und sie öffneten sich mit einem Doppelklick und alles wurde schwarz und der Rest ist wirklich Geschichte.

Notfalls hilft die Kulinarik. Mitteleuropa ist dort, wo man mittags aus den Küchen das Schnitzelklopfen hört, sagt ein Sprichwort. Und Europa ist dort, wo man versteht, was mit diesem Satz gemeint ist. Das ist kein schlechtes Bild, denn die Panier, wieder so ein mitteleuropäisches Wort, besteht aus unzähligen Krümeln, zusammengehalten nur durch Eiweiß und Fett. Was also hält Europa zusammen, wenn nicht die Summe der Gedanken-, Identitäts- und Geschichtskrümel, die sich im Laufe der Jahrhunderte auf diesem Kontinent angehäuft haben? Und die mittlerweile so auf ihm kleben, dass das Fleisch darunter nicht mehr zu sehen ist? Gedankengebirge aus brauner Pampe bedecken Europa, mal dicker, mal dünner geschichtet. Sie verstellen den Blick auf das, was diese erweiterte Union sein könnte. Europa ist immer noch viel zu sehr Retrospektive, seine Politik bestimmt von dem was war und nicht mehr sein darf. Der Blick in die Zukunft von mehligem, unsicheren Grund fällt eben schwer.

Intellektuelle geologische Arbeit ist angesagt: Dieses Buch wühlt sich durch die Europa-Panier und landet dabei immer wieder in Amerika, und auch das ist nur konsequent. Denn was war Europa im letzten Jahrhundert anderes als eine Art Schlachtplatte für Washington und Moskau? Lässt sich eine Grenze ziehen im Assoziieren über einen Kontinent, dessen Kultur- und Medienleben jenseits des Atlantiks wenn nicht seinen Ursprung, so doch einen zentralen Motor hat? Wo enden heute Europas Grenzen im virtuellen Raum, welche Hütte im globalen Dorf darf die blaue Fahne mit den gelben Sternen hissen?

Der tschechische Schriftsteller Patrik Ourednik (der mit seinem Buch »Europeana« eine kurze Geschichte des zwanzigsten Jahrhunderts lieferte – von Michael Stavaric vortrefflich übersetzt) hat den Wahnwitz einer Epoche wunderbar in Worte gefasst. Nach Manier eines mittelalterlichen Chronisten setzte er mit dem einfachen Wörtchen »und« verschiedenste Ereignisse und Fakten nebeneinander und suchte sich so seinen ganz persönlichen roten Faden durch die Geschichte des zwanzigsten Jahrhunderts. Dass er sprichwörtlich rot ist, hat seinen Sinn, denn es sind die »Orgien der Gewalt«, die ihn färben.

Das Wörtchen »und« ist jedoch fast zu linear gedacht für das, was Michael Stavaric macht. Aus Fäden werden Netzwerke, aus dem Ourednikschen »und« wird das »und oder aber auch« des weltweiten Google-Gedächtnisses. Aus dem Informationsmüll der Mediengesellschaft klaubt sich der Autor seine Krümel für die Story seiner Generation zusammen. Es ist keine »Oral«, sondern eine »Global History«, die er erzählt – geformt aus einer Abfolge an Stereotypen, Statistiken, Gesetzestexten »und so weiter«. Für die einen die intellektuelle Währung der Weltverbesserer und Zukunftsskeptiker schlechthin, für die anderen nur ein sich manifestierender Haltegriff von Pragmatikern. An ihnen allen lässt sich ablesen, was Europa ist und was es sein will. Und es ist kein Zufall, dass die Zurschaustellung dessen, was die europäische und amerikanische Gesellschaft im virtuellen Äther hinterlässt, nur mit Ironie zu ertragen ist.

Was sagt uns das? Wie bei jeder althergebrachten Litanei geht auch in diesem Buch der Rausch der Vielstimmigkeit an einem bestimmten Punkt über, wird zum Rhythmus, der nicht verstanden werden will, sondern einfach präsent ist. Es ist der Puls eines Europas jenseits des Linearen, der durch das Geplänkel, Getratsche, Gezische dieser Seiten dringt. Es pocht und schlägt – wie beim Schnitzelklopfen.

Barbara Tóth, Wien, Januar 2005

Jan Böttcher *Lina oder: Das kalte Moor Erzählung*

Kann man mit zwanzig Jahren auf sein Leben zurückblicken, als müsste es vollständig sein? Der Ich-Erzähler in Jan Böttchers Erzähldebüt »Lina oder: Das kalte Moor« legt einen Bericht vor über sein Aufwachsen in der Generation Golf: ein Hochhausviertel unweit der Zonengrenze, Mangel, die Anzüglichkeiten am Stammtisch und eine Sprachlosigkeit, die noch das Verbrechen deckt. Und dann ist da Lina, das erste Mädchen – sie soll die Einzige bleiben. Mit ihr beginnt er zu laufen. »Der Fluss ist das Bild rauszukommen.« Doch der Fluss vereist schon im ersten Winter. Dort, wo das Land endet, schiebt sich Juliette ins Bild, das Au-pair-Mädchen aus der Nachbarschaft …
»Lina oder: Das kalte Moor« lässt die westdeutschen achtziger Jahre auferstehen, eindringlich erzählt aus einer Perspektive, in der die Mauer noch Gegenwart ist. Fünfzehn Jahre später erkennen wir alles wieder: Beklemmung und Ausbruch; Pubertät, die lakonisch sein will und am großen Gefühl hängt.

»Spröde, kalt und schön ist der Erzählton von Jan Böttcher in diesem Buch über Anpassung und Rebellion in den 80er Jahren im niedersächsischen Zonenrandgebiet.« *Denis Scheck, Druckfrisch, ARD*

»Jan Böttcher beschreibt melancholisch, klug und in immer wieder überraschenden Bildern ein vergangenes Westdeutschland, das mitunter ähnlich märchenhaft wirkt wie die alte DDR. [...] Ein erstaunlicher Fund.« *Jana Hensel, KulturSPIEGEL*

»[Eine] überzeugend konstruierte, an originellen und einleuchtend präzisen Formulierungen reiche Erzählung […] Diesem literarischen wie verlegerischen Debüt kann man nur den allerbesten Start wünschen.« *Richard Kämmerlings, FAZ*

»›Lina: oder das kalte Moor‹ erzählt eine Geschichte aus einer neuen und modernen Provinz, für die die Literatur bisher kaum Worte hatte. Mit Jan Böttcher lernen wir die ersten Vokabeln.« *Kolja Mensing, taz*

Jan Böttcher *Lina oder: Das kalte Moor Erzählung* KOOKBOOKS _ Reihe *Prosa* _ herausgegeben von Daniela Seel _ Band 1 104 Seiten, vier Schmuckblätter auf Transparentpapier mit Zeichnungen nach Motiven aus dem Band von Andreas Töpfer, Klappenbroschur, 14,40 Euro, ISBN 3-937445-01-3

Doppelpass Geschichten aus dem geteilten Fußballdeutschland *Jan Brandt (Hg.) Anthologie*

WM 1974.
Ein deutsch-deutsches Heldenepos.
Und ein Tor, das Geschichte(n) schrieb.

Hamburg, Volksparkstadion, 22. Juni 1974: In der Vorrunde der ersten auf deutschem Boden ausgetragenen Fußballweltmeisterschaft kommt es zum ersten und einzigen Länderspiel BRD – DDR. Um 21:03 Uhr, in der 78. Minute, macht der spätere Zwickauer Bürgermeister Jürgen Croy, damals Torwart der Betriebssportgemeinschaft Sachsenring Zwickau, einen weiten Abstoß, Erich Hamann, Hauptmann der Nationalen Volksarmee und gerade eingewechselter Mittelfeldspieler vom FC Vorwärts Frankfurt/Oder, flankt auf Jürgen Sparwasser vom 1. FC Magdeburg, der den Spielzug zum 0:1 vollendet.
Seitdem ist das Sparwasser-Tor Teil des kollektiven Gedächtnisses. In der Begegnung zwischen der BRD- und der DDR-Auswahl verdichtet sich ein Stück deutsch-deutscher Geschichte: Für die einen war es ein Duell, bei dem »Deutschland gegen die DDR« spielte, für die anderen waren es »90 Minuten Klassenkampf«.

11 ost- und 11 westdeutsche Autoren treten an, um von »König Fußball« zu erzählen, vom Hochmut und Fall westdeutschen Größenwahns und dem Sieg ostdeutschen Teamgeistes, von ihrer ganz eigenen Beziehung zum wichtigsten Tor der deutsch-deutschen Fußballgeschichte und davon, warum Fußball »unser Leben« ist – oder warum auch gerade nicht.

Es spielen
für die BRD Hennig Ahrens, Ralf Bönt, Jan Böttcher, Gerhard Henschel, Tobias Hülswitt, Georg Klein, Tobias O. Meißner, Rainer Merkel, Georg M. Oswald, Jochen Schimmang, David Wagner
für die DDR Volker Altwasser, Matthias Biskupek, Thomas Brussig, Andreas Gläser, Falko Hennig, Karsten Krampitz, Erich Loest, Steffen Popp, Tom Schulz, Frank Willmann, Gernot Wolfram

Jan Brandt (Hg.) *Doppelpass. Geschichten aus dem geteilten Fußballdeutschland Anthologie* KOOKBOOKS _ Reihe *Prosa* _ herausgegeben von Daniela Seel _ Band 2 272 Seiten, 23 Zeichnungen von Andreas Töpfer, Einleitung von Jan Brandt, Klappenbroschur, 17,90 Euro, ISBN 3-937445-09-9

kookbooks *unser Programm*

Reihe Prosa

Jan Böttcher
Lina oder: Das kalte Moor
Erzählung
14,40 Euro, ISBN 3-937445-01-3

Jan Brandt (Hg.)
Doppelpass. Geschichten aus dem geteilten Fußballdeutschland
Anthologie
17,90 Euro, ISBN 3-937445-09-9

Silke Andrea Schuemmer
Remas Haus Roman
15,90 Euro, ISBN 3-937445-10-2

Michael Stavaric
Europa. Eine Litanei
16,90 Euro, ISBN 3-937445-13-7

Pierangelo Maset
Klangwesen
ca. 19,90 Euro,
ISBN 3-937445-15-3

Gerhard Falkner
Ground Zero Langgedicht
Buch/CD Music by David Moss
ca. 19,90 Euro,
ISBN 3-937445-14-5

Reihe Lyrik

Daniel Falb
die räumung dieser parks Gedichte
13,80 Euro, ISBN 3-937445-00-5

Steffen Popp
Wie Alpen Gedichte
13,80 Euro, ISBN 3-937445-03-X

Ron Winkler
vereinzelt Passanten Gedichte
13,80 Euro, ISBN 3-937445-04-8

Uljana Wolf
kochanie ich habe brot gekauft
Gedichte
13,80 Euro, ISBN 3-937445-16-1

Reihe Kunstbuch

Johannes Jansen
Liebling, mach Lack! Die Aufzeichnungen des Soldaten Jot Jot
Faksimiles
44 Euro, ISBN 3-937445-02-1

Jakob Dobers, Rainer Leupold
Falsche Russen im Buch
Geschichten
18,80 Euro, ISBN 3-937445-06-4

Lucas Elmenhorst, Heide Müller
Stückwelten. Nele Probst – Malerei und Holzreliefs Katalog
19,90 Euro, ISBN 3-937445-11-0

Reihe Kinderbuch

Heide Henschel, Thomas Mohnike
Luise und das langweiligste Buch der Welt
12,80 Euro, ISBN 3-937445-07-2

Reihe Hörbuch

Jan Böttcher
Der Krepierer Erzählung, gelesen vom Autor
9,95 Euro, ISBN 3-937445-08-0

Reihe Essay

Thomas Kraft
Schwarz auf weiß oder Warum die deutschsprachige Literatur besser ist als ihr Ruf
Eine Werbeschrift
14,90 Euro, ISBN 3-937445-12-9

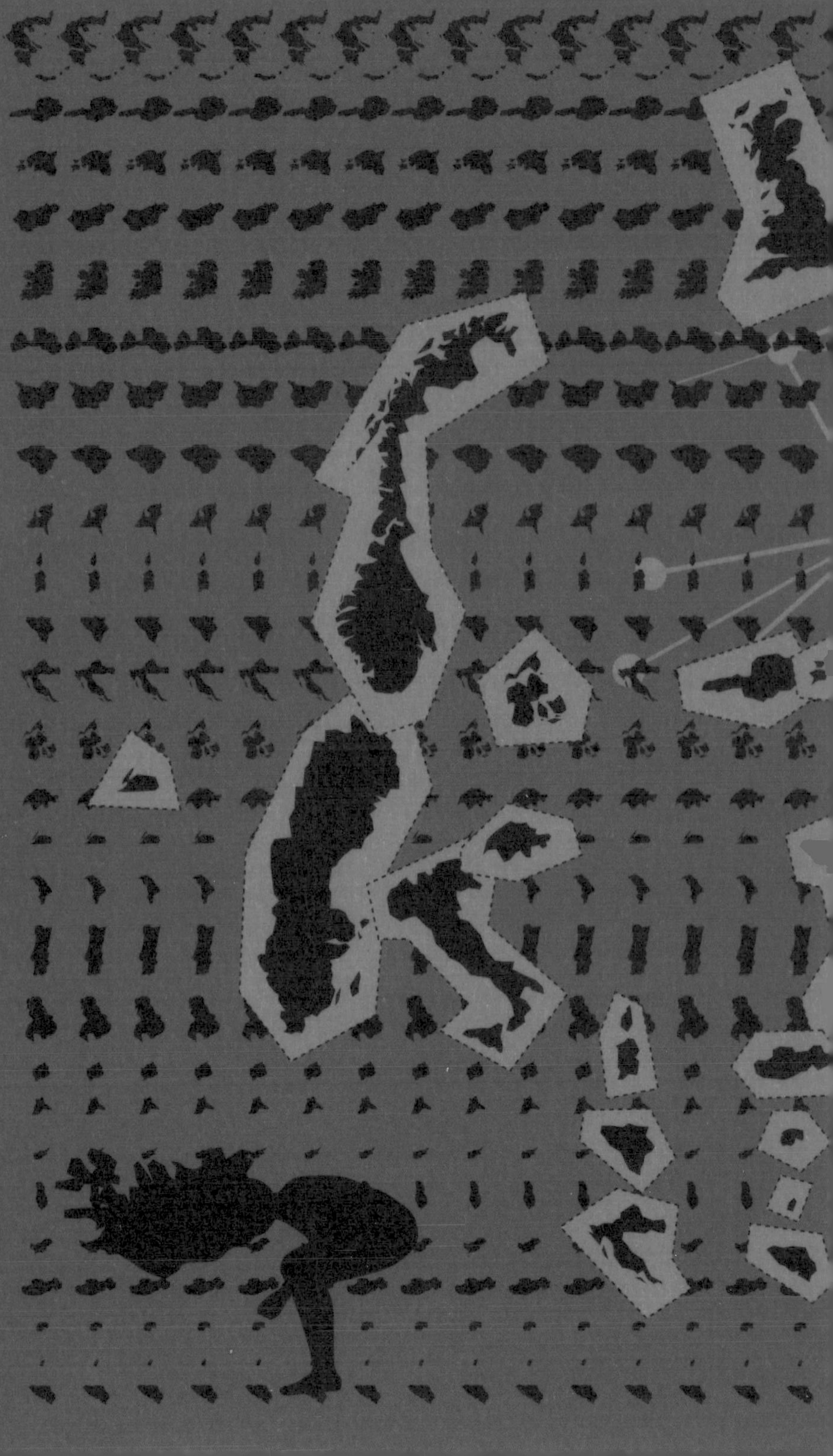